Sonstwo Ansichten der Provinz

Der satirische Roman versammelt Ansichten der Provinz in Bargenhoop, einem natürlich rein literarischen Ort auf dem bekannt flachen Land.

Eine Gastwirtschaft gibt es hier und ohne seinen Lindenkrug wüßte Ewald Butenschön, der Wirt, gar nicht, was ein sozialer Ort ist. Dabei hat er einmal allerhand studiert, was ihm als Geisteswissenschaft offeriert wurde. Er zog es in der Folge aber vor, ein praktisches Leben zu führen, in dem er dem Mann von der Dorfstraße ungelöste philosophische Fragen vorlegt und ihm die zu gehörigem Nachdenken benötigten Getränke verkauft.

Und eine Kirche hat man im Dorf gelassen, in deren unübersehbare Leere der Herr Pastor Fürchtegott Dissen seine Predigten hallen läßt. Wenn er es nicht vorzieht, sie in Herzförmchen umzugießen für die lebensweise Kolumne: Meine Meinung, die jeden Sonnabend das Hamburger Stadtblatt unter die Leute bringt.

Als er wieder einmal dort vorbeischaut, stellt ihn der Kulturredakteur des Blattes einer Gruppe Nachwuchsdichter als leuchtendes Beispiel vor. Pastor Dissen läßt sich erweichen, eine Lesung in Bargenhoop zu veranstalten. Doch wie leicht werden dichterische Intentionen mißverstanden! Wegen stark divergierender Anschauungen über die Interpretation eines Gedichts, werden die Lyriker von den Landwirten grob hinausgeworfen.

Die Bargenhooper wollen ihren Gastwirt selber lesen hören. Aber für seine Geschichte über die Leute von Unseldwyla, die das Schreiben vor dem Lesen erlernen, haben sie auch nicht die rechte Geduld. Sie ziehen es stattdessen vor, sich das Märchen vom Kosmischen Geheimnis anzuhören.

Man kann es irgendwie verstehen.

Manfred Brinkmann, geboren 1948, studierte in Hamburg Literatur und was darin vorkam, lebt heute in Schleswig-Holstein.

Manfred Brinkmann

Sonstwo

Ansichten der Provinz

Roman

Umschlaggestaltung: Karin Kessler

Herstellung: Libri Books on Demand

LINDENKRUG ODER HARMONIE

Das Lokal war leer bis auf den Wirt und seine beiden Gäste; die drei waren voll. Ewald Butenschön hatte sie eingeladen wie gewöhnlich, denn er haßte nichts mehr als Arbeit und dann nichts zu tun und zur Strafe den ganzen Abend Däumchen drehen. Das hieß in seinem Fall ein Glas nach dem anderen aus dem Bord nehmen und mit einer Vierteldrehung beider Hände an einem Trockentuch abreiben, gegen das Licht halten, einmal pflichtschuldigst anplieren und vorsichtig, ganz vorsichtig wieder zurückstellen. So ging das leicht den Abend durch bis Klock elf, wenn keine Kundschaft da war, die ihn mit einer Bestellung erlöste, immer die Gläserreihen entlang, das Bord rauf und runter, jedenfalls wenn es nach seiner Frau ging und nach wem ging es wohl sonst.

Nane war keine Gastwirtin, sie sah nicht nach der Wirtschaft, sie sah nur in Abständen nach ihrem Ewald und sorgte dafür, daß er immer etwas in der Hand hatte und nicht müßig herumstand und irgendwelchen Unsinn ausheckte. Ewald Butenschön war nämlich ein Denker, einer von der Art, die während der Rasur plötzlich einhält, mitten in der Bewegung erstarrt, als sollte er gemalt werden, um mit nach innen gerichtetem Blick einen Gedanken näher ins Auge zu fassen, ehe er ihm wieder entwischen konnte in dies unbestimmt mäandernde Gequatsche, das so endlos wie folgenlos durch alle Köpfe zieht. Er konnte keinerlei Ablenkung ertragen bei der Anstrengung, einen Gedanken so zu fixieren, daß er sich gründlich von allen Seiten auf Ähnlichkeiten hin besehen ließ zu Butenschöns Hauptideen und Lieblingsproblemen.

Nicht einmal eine mehr oder weniger mechanische Bewegung seiner Hände mochte er hingehen lassen.

Nane machte sich nichts aus seinem Kopf, sie fand allenfalls sein Profil, zumindestens von links, noch ganz proper. Wenn er doch bloß nicht immer die Stirn kraus ziehen wollte, sieht er nicht wieder aus wie das Kaninchen vor der Schlange? Sie hatte sehr bald bemerkt, daß man ihm nur etwas in die Hand drücken mußte, um ihn genauso wirken zu lassen wie andere Männer auch - leidlich normal und ordentlich beschäftigt.

Nicht daß Ewald Butenschön unter dem Pantoffel gestanden hätte, er tat seiner Juliane Lisette gerne die paar Sachen zu Gefallen, die ihr so überaus wichtig waren, und hatte im übrigen seine Ruhe; aber wehe das reichte nicht! In unregelmäßigen Abständen gerieten sie darüber aneinander, wer wem nach der Mütze zu sein hätte, und dann schrie Ewald wie ein Spieß, um wieder seine Ruhe zu haben. Wenn er allein im Auto über Land fuhr zum Großhandel nach Altholm, um - ohne Rechnung, wie immer - seine Schnapsvorräte aufzustocken, dann schrie er manchmal, so laut er konnte: ‚Bist du noch zu retten, Lisette, schrei ich dir noch nicht laut genug, mein Deern!' Und er fühlte sich glänzend dabei, wenn er seinen alten Diesel mühelos überdröhnte. Es kommt ja nicht im geringsten darauf an, was einer im Zorn so krakeelt, er könnte was Liebenswürdiges schreien, das machte gar nichts, nur so laut wie möglich mußte es sein.

Nane fürchtete sich nicht etwa vor seinen herrschaftlichen Auftritten, sie sah ihm den sportlichen Ehrgeiz nach - wie er erfreut die Augen aufriß, wenn ihm eine neue Höchstleistung gelang - nur konnte sie das Gedröhne nicht ertragen. Schon als Mädchen hatte sie es gehaßt, wenn die ganze Verwandtschaft zu ihrem Kindergeburtstag kam, um sich mit Kuchen vollzustopfen und die Nachbarschaft durchzuhecheln, und wie dann alle von oben herab lautstark über sie herfielen: „Nein, wie issie aber auch süüß, die Juliahne Lisedde!" Sie nahm mehr als Nane von ihrem Namen nie an. Wenn sie etwas wollte, setzte sie ihrem Ehemann mit: „Du Waldi, meinst du nicht auch . . ." unermüdlich zu. Wurde ihm das zuviel, dann bemühte er seine Lungenflügel und strapazierte ihre Nerven. So war das geregelt.

Sie sind ein gut eingespieltes Paar, die beiden. Sie leben jeder für sich in einer eigenen Welt und zusammen in ihrem gemeinsamen Haus und haben nicht mehr als nötig miteinander zu tun. Ewald hat die Wirtschaft unter sich und seine Frau schaut nur mal rein, ob sich was bewegt und ihr Waldi nicht stumm rumsteht und unaussprechlich dumm aussieht, wie er Löcher in die Luft kuckt.

Er war ja, wie gesagt, nicht für's Däumchen drehen und Zeit absitzen, aber an einem Dienstag hatte er nichts anderes zu erwarten. Heiko Blohm und Henning Rohwer, die schwer vornüber an der Theke saßen, waren nun

6

keine Kundschaft wie jeder andere, sie waren Gäste. Butenschön hatte sie schon vor ewigen Zeiten zur Sicherheit eingeladen für dienstags und mittwochs, sich als Freunde einen einschenken zu lassen. Und wer läßt einen Freund in seiner Not im Stich und einen Einsamen in seiner traurigen Lage allein, besonders wenn er eine Wirtschaft hat?

Da Henning und Heiko nicht auf naß reisen wollten - man kann sich wohl mal was schenken lassen, aber nicht nur - gaben sie nach je zwei bis drei Runden auf's Haus abwechselnd selber einen aus, mal ein Bier und, wenn das in der Menge zu viel wurde, auch nur einen Korn. Damit war allen gedient und jeder war zufrieden. Henning und Heiko taten was Gutes, gönnten sich was und ließen sich nicht nötigen und Ewald, Gastwirt und Freund, mußte seine langen Stunden nicht allein absitzen.

Auf diese Art kam selbst an einem Dienstag, den verzehrten Mengen nach, ein guter Umsatz zustande, und mit dem Geldzählen nach Feierabend hatte man trotzdem nicht viel Mühe. Während er Kasse machte, stellten die Freunde hilfsbereit die vierundzwanzig Stühle auf die sechs Tische und legten die acht Barhocker mit der gepolsterten Seite auf die Theke. Anschließend ging man gern nach nebenan in Ewalds Gute Stube und spielte zur Entspannung noch ein paar Runden Skat.

So war es in der Regel dienstags und mittwochs, am Montag war geschlossen. Dann mußte, wer Durst bekam, Ewald Butenschön privat besuchen und ging gleich hintenrum in Ewalds Stube. Nur wenn es gegen zehn manchmal zu voll wurde, wich man notgedrungen in den Schankraum aus.

Bei Ewald Butenschön fand sich alles ein, und das war ja auch weiter nicht verwunderlich, jedenfalls für den nicht, der aus irgendeinem unerfindlichen Grund schon mal bis Bargenhoop gekommen war. Man brauchte bloß, von welcher Seite auch immer, die Dorfstraße hinunterzuwandern, so kam man zu den vier kugelig verschnittenen Linden, durch deren Kronen es von Mai bis Oktober grünlich schimmerte. Ging man zwischen den Bäumen hindurch, deren Stämme kaum zwei Meter von der Hauswand entfernt waren, auf die dunkelblau gestrichene Tür zu, dann mußte man den Kopf in den Nacken legen, um über dem Eingang den Grund für diese Erscheinung zu finden, eine moderne Neonleuchtreklame.

7

Wer gute Augen hatte, mochte noch als bräunlichen Schriftzug die Hälfte des alten Namens *Harmonie* daneben entdecken, über *Gesellschaftshaus* war jetzt *Zum Lindenkrug* gesetzt. Das grüne Leuchten zog die Nachtfalter an wie der Bierausschank die Bargenhooper. Denn die nestflüchtige Minderheit der männlichen Bevölkerung, was eine stattliche Minderheit war, machte sich mehrmals die Woche auf den Weg, stapfte die drei Stufen hoch, stieß die schwere Holztür auf und trat entschlossen in vier großen Schritten bis vor die Tonbank.

„ Een krie' wie noch", sagte Henning dann gewöhnlich, genau wie jetzt auch, womit er umfassend ausdrückte, daß ihm das Leben außerhalb dieser Räume wie eine lästige Unterbrechung vorkam, die er man eben so hinter sich brachte wie andere einen Werbeblock im Fernsehen, „ de Runde geiht op mien Zeddel."

Doch Ewald Butenschön war es für heute genug.

„Komm Ewald, laß dich erweichen, wo wir grad so schön in Fahrt sind, wir können ja schon mal abschließen, dann stört uns auch keiner mehr!"

„Es ist doch noch gar nicht so spät! Wie spät ist es denn?"

„Wir sind doch auch nur zeitweilig da", platzte Henning heraus. "Oder wie sehn wir das", fingen beide an zu kichern.

Da langte es Ewald, sie hatten ihn nämlich schon die ganzen Tage geärgert mit seinem Wochenspruch. Beinah hätte er seinen ältesten Freunden gesagt, sie störten ihn mit ihrem Gesabbel und könnten ihn mal sonstwas, bloß das ging ja nun doch nicht.

Während in anderen Wirtschaften der Gegend gern Sprüche an die Wand gehängt wurden wie:

Ob Noord ob Süd

ob Oost ob West,

to Huus is best,

was man so genau nicht wissen konnte, ohne die häuslichen Verhältnisse näher zu kennen, oder Hausregeln plakatierte wie:

Suup di dull un freet di dick

un holl dat Muul von Politik,

was auch nicht seine Zustimmung gefunden hätte, da sorgte Ewald für

Alternativen. Denn für Essen und Trinken war er natürlich sowieso, schon dabei hätte ihn ein Maulkorb mächtig gestört. Aber erst beim Reden, reden konnte man bei ihm über alles und jeden, man mußte nur auf Antwort gefaßt sein.

Das waren keine Sprüche für Ewald, so unüberprüfbares Zeug, abgestanden und mittlerweile vom letzten Idioten totgelacht. Er dachte sich lieber selber was aus oder nutzte das, was er Lesefrüchte nannte und, wie Bauern an den Rand des Ackers Lesesteine, auf Zettel notiert am Rande seines Schreibtisches ablegte. Auf die Art hielt er sein Arbeitsfeld frei von gedanklichen Stolpersteinen, die ihn am geistigen Ackern gehindert hätten.

In dieser Woche hatte er notiert: Alles auf Erden ist zeitweilig. Das war weiß Gott keine Neuigkeit und überhaupt nicht witzig, aber ihm war so gewesen. Sein Leben im Lindenkrug, das er doch eigentlich gern hatte, war ihm mit einem Mal eintönig vorgekommen, so immer noch und noch. Und das ‚zeitweilig' in dem Satz, das hieß für ihn langweilig und kurzfristig in einem. Er hätte statt dessen auch vorübergehend schreiben können, das wäre vielleicht noch besser gewesen. Die Tage waren ihm in letzter Zeit unverschämt schnell dahingegangen und was noch ärger war, sie gingen unglaublich ereignislos vorbei. Er müßte sich mal wieder sammeln, heraus aus dem Trott, seit Jahren war er nicht weggewesen. Er sollte wegfahren, genau, raus hier für ein paar Tage, vielleicht sogar mit Nane.

Ewald ging um die Theke herum zur Musikbox und seine beiden Kumpel sahen ihm schweigend zu. Anstatt Geld einzuwerfen und sich einen seiner geliebten alten Schlager anzuhören, nahm er nur den Wechselrahmen herunter, der an der Wand über dem Kasten hing. Er legte ihn mit der Bildseite auf einem Tisch ab, bog die Halteklemmen zur Seite und nahm die Pappen und das Wochenblatt heraus. Auf die weiße Rückseite schrieb er mir dickem Filzstift:

Wie schnell eilt der Mensch
von einem Rasiertag zum andern.
J.P.F.Richter

Dann baute er den Rahmen wieder zusammen und hängte ihn an seinen Platz zurück.

9

Seine beiden Freunde und Stammgäste, seine erprobten Nothelfer gegen Langeweile und Einsamkeit, sahen ihn an wie einen Conferencier, der am Ende seines Auftritts noch einen auf Lager hat von der ungenießbaren Sorte.

„Ich glaube, ihr müßt bald mal eine Woche oder so ohne mich auskommen. Ich muß mal raus hier! Ich brauch Urlaub und jetzt ist endgültig Feierabend für heute!"

MITTELHOLSTEIN

Die breiteste Straße im Dorf, die man den Einwohnern für den durchrasenden Verkehr genommen hat, heißt gewöhnlich Hauptstraße. Da stehen die Eingeborenen dann, besonders am Wochenende oft kopfschüttelnd für längere Zeit und sind gezwungen, Fahrzeug für Fahrzeug abzunicken, bis sich endlich eine Lücke auftut, durch die sie in die andere Ortshälfte schlüpfen können. Die nächst bedeutende Straße, oft der alte Hauptweg des Dorfes, heißt, wohl weil sie den Einwohnern ganz zur Verfügung geblieben ist, Dorfstraße. Besonders in kleinen und abgelegenen Dörfern ist sie die Hauptverbindung geblieben. Bargenhoop hatte keine Hauptstraße.

Gewöhnlich sind in den mittelholsteinischen Dörfern die kleineren Wege nach ihrer Funktion benannt.Sie heißen Mühlenstraße oder Schulweg, und wenn es eine neuere Siedlung gibt, dann gibt es auch eine Theodor-Storm-Straße. Damit ist das kulturelle Feld bestellt und noch neuere Straßen kann man getrost nach Bürgermeister Lüttjohann, Rektor Wüst oder Pastor Grothkopp benennen. So ist das mit den Straßennamen praktisch geregelt und eine Adresse Hauptstraße 65 oder Dorfstraße 12 oder auch Theodor-Storm-Straße 5b, die findet man in jedem holsteinischen Dorf, ohne lang fragen zu müssen.

Denn wer viel fragt, bekommt viel Antwort. Wenn man zum Beispiel Butenschön nach etwas fragte aus der Nachbarschaft, nach dem Haus des Bürgermeisters etwa oder nach dem Friedhof, bekam man leicht soviel über den Sinn der Selbstverwaltung oder über die falsche, ja widersinnige und ganz und gar unchristliche Prägung des Wortes Gottesacker vorweg, daß man der weitschweifig und mit weit ausladenden Armbewegungen vorgetragenen, alternativen Wegbeschreibung kaum noch folgen mochte.

Da war es weit besser, statt sich nach Butenschön zu richten, ‚linksrum oder rechtsrum, das geht beides, ganz wie Sie wollen, Sie können auch einfach geradeaus gehen, da sehen Sie nur nicht so viel vom Dorf', sich lieber selber zu orientieren. Man mußte nur nach dem Kirchturm sehen und sich den alten Friedhof dazugehörig denken, dann kam man wohl an. Einen neuen Friedhof anzulegen, weit aus der Gemeinde heraus, das hatte man in den

11

Dörfern noch kaum nötig.

Das Haus des Gemeindevorstehers war ohnehin mit dem kommunalen Adelsschild ausgezeichnet, auf dem stand:

Gemeinde Bargenhoop, der Bürgermeister

und darüber dräuten zwei Löwen links und das stilisierte holsteiner Distelblatt rechts vom Wappenschild herab.

So lange man bei ihm stehenblieb, blieb auch Butenschön bei seinem Vortrag. Er verstand es, von jedem Thema aus auf eines seiner Redefelder einzuschwenken, und hatte er sich erst einmal in Fahrt geredet, dann half dem armen vom Redeschwall Betroffenen eigentlich nur noch die Flucht.

Einer seiner liebsten Gegenstände das war die geheime und doch für jeden, der zur Kenntnis nehmen wollte, unübersehbare Bedeutung der Namen. Spötter, die ihn und seine Wirtschaft mit „buten scheun un binnen gräsig" verulkten, brachten ihn von dieser Sicht nicht ab.

„Nomen est omen", sagte Ewald gern und schmeckte die Silben ab wie Pudding, "ihr wißt doch gar nicht, was ihr sagt. Was wird nicht alles dahergeredet und gedankenlos mitgesagt. Ansehen muß man sich die Namen, dann kriegt man wohl Bescheid. Wie oft fahrt ihr über die Brücke bei Willenscharen, direkt am historischen Ringwall, und merkt gar nicht, daß in diesem Namen noch immer die wilden Scharen stecken."

„Paß op, dat se di ni wechholt! De sünd ganz wild op verständige Krögers, de gern een utgifft."

Mit solchen unsachlichen Einwänden bekam man ihn erst richtig in Fahrt. Wenn man ihm nur die Gelegenheit gäbe, Ewald sagte einem glatt in einem Stück und das dauerte Stunden, alles was ein einzelner Mensch nur wissen wollen könnte, über Orts- und Flurnamen, über diese und jene Denk- und Merkwürdigkeit der gesegneten Landschaft Mittelholstein, in deren Zentrum man sich Bargenhoop denken muß.

Allein schon der Name *Hol - Stein* , hätte Ewald einem gesagt, ist doch ein komplettes Mißverständnis, dummerhaftig erfunden von jemandem, der die Sprache des Landes nicht verstand. Zwar gibt es schöne Findlinge bei uns, vielerorts zu Hügelgräbern zusammengeschleppt, aber mit Steinen hatten wir nie viel zu tun, beziehungsweise doch, aber mit Backsteinen.

Die mußte man sich erst mühsam herstellen aus Ton und Lehm, weil es genügend Feldsteine zum Bauen nicht gab. Die stecken schon in den Knicks, und da liegen sie gut, so ist das! Die Holsten nämlich, und darum nicht die Holsteiner, die hießen so, wiel dat se in't Holt säten, die Holsaten! Das waren eben Waldsassen, die tief im Holz saßen, und darum sind sie im Grunde immer schon Hinterwäldler gewesen. Abseits und genügsam, am liebsten ganz für sich alleine und man bloß unter sich, das sieht man schon am Namen.

An dieser Stelle wäre es am besten, eine langwierige, umständliche Bestellung aufzugeben, die Ewald Butenschön als Gastwirt fordert und einige Zeit schweigend in Atem hält, oder gleich seinen Hut zu nehmen und mit einem vernehmlichen ‚schönen Tag auch' zu gehen. Wer aber wirklich etwas wissen will, der tut gut daran, durch gezielte Fragen Ewalds Redefluß zu steuern.

„Und wo fängt dieses Holstein an, bitte schön, beziehungsweise wo endet es?"

„Das ist eine schwierige Frage. Wie soll man das eingrenzen, zumal MittelHolstein mehr ein Geisteszustand als eine Gegend ist, jedenfalls meiner Meinung nach. Eine eigensinnige Betrachtungsweise, wissen Sie, komplett Ansichtssache. Was soll man groß darüber reden, man muß schon selber hin und seine Wahrnehmungen machen. Für mich ist es ein unerschöpflicher Gegenstand der Beobachtung und Verwunderung und philosophischer Alltag zugleich, wenn Sie verstehen, was ich meine."

Das hat an der Stelle wohl noch jeder vorsichtshalber mit Kopfnicken bestätigt, wer wagte da nachzufragen?

„Wenn man eine klare Grenze haben will, weil sich Menschen ja mit fixen Ideen bekanntlich wohler fühlen als mit offenen Sinnen, dann sollte man von Süden kommen über Wischhafen. Das liegt noch in Niedersachsen und hat, Wisch heißt auf niederdeutsch Wiese, mit einem Wunschhafen nichts zu tun. Aber von dort kann man sich über die Elbe setzen lassen und dann landet man in Glückstadt, wo auch sonst! Das ist für den, der sich für das spezifisch Holsteinische interessiert, mehr als eine glückliche Fügung. Glückstadt ist so holsteinisch wie ein Ort nur sein kann, eine Stein gewordene Fiktion, eine Gegenwelt im Kleinen, mehr erträumt als verwirklicht. Die Stadt sollte großmächtig werden und weltgewandt und die hochmögende Nachbarstadt Hamburg in Grund und Boden konkurrieren. Und was wurde daraus? Ein Städtchen, klein und überschaubar, schön weltabgeschieden und fein für sich.

Eine mächtige Festung hatte Glückstadt werden sollen, von vornherein ganz uneinnehmbar geplant und ungewöhnlich mathematisch gestaltet. Denn wo gewöhnliche Marktplätze vier oder viele Ecken haben, da hat der Glückstädter sechs. Wo sich unbedeutende andere Städte mit einem Pentagon begnügen müssen, hat Glückstadt sich zum Hexagon entschlossen. Und von diesem vollkommen geformten Ort gehen zwölf Straßen wie Strahlen in alle wesentlichen Richtungen fort. Das himmlische Jerusalem kann gar nicht vollkommener im Schöpfungsplan vorgesehen sein als diese Stadt im Namen des Glücks.

Dem Rathaus, dem Sitz des weisen Rats und seiner weltlichen Macht gegenüber, an der Ostseite des Marktes, liegt die Niederlassung des Himmels, die Stadtkirche. Ihren Turm schmückt die Göttin des Glücks Fortuna und eine Krone. Ob es sich allerdings um die Krone des Himmels oder nur um die königliche handelt, das entscheidet die Stadtverordnetenversammlung auf Antrag von Fall zu Fall.

Der dänische König jedenfalls hat die Stadt im siebzehnten Jahrhundert als Kriegshafen gegründet, um von hier aus die Elbe zu beherrschen; sie wurde dann aber für ihre Heringsfängerflotte weithin bekannt und für die Kunst, den Matjes mild zu salzen. Große Pläne und Pellkartoffeln mit Matjes, das ist gut holsteinisch und nahrhaft.

Anstatt vom gemütlichen Zuhause wegzugehen in die Unbequemlichkeit der weiten Welt, wo man nicht weiß, wie die Betten sind und was man zu essen kriegt, da holt man sich die Welt, wenn es denn sein muß, lieber ins Land. Wer zum Beispiel unbedingt nach Kalifornien oder Brasilien will, der findet Orte solchen Namens auch in Holstein. Und wer ins holsteinische Sibirien zieht, der ist deswegen noch längst nicht verbannt. Darum haben die Glückstädter, um hinter Hamburg nicht zurückzubleiben, zur Sicherheit gleich die berühmtesten Straßennamen aus der Hansestadt übernommen.

Wenn man mal in Ruhe über den Jungfernstieg bummeln will, tut man das besser hier, ohne das leidige hamburger Gewimmel und den großstädtischen Verkehrslärm und Gestank. Obwohl, laut genug ist es in Glückstadt mittlerweile auch.

Wenn Hamburg es sich leistet, nicht nur an der Elbe sondern auch noch an der Alster und an der Bille zu liegen, dann war es für Glückstadt ja nicht unbillig, wenigstens an zwei Flüssen sich auszubreiten, so gut das eben ging, an der gleichen Elbe und einem eigenen Rhin! Und dieser berühmte andere, der nibelungene, der so loreleiernd besungen wird, war der nicht zwischeneiszeitlich auch bloß ein Nebenfluß der Elbe gewesen? Ihren Rhin jedenfalls haben sie für sich, er ist so glückstädtisch überschaubar, daß man aufpassen muß, auf einem Spaziergang nicht unversehens hineinzufallen. Bloß die paar Kilometer noch zu ihrem dritten Fluß sich auszudehnen, das hat die Stadt bisher nicht geschafft. Immerhin, sie ist auf dem besten Wege zum holsteinischsten aller Flüsse, so viele nennenswerte andere gibt es allerdings nicht, der Stör."

Wer bis dahin noch nicht davongelaufen ist aus Ewald Butenschöns Lindenkrug, der muß sehr durstig sein oder ungewöhnlich wißbegierig.

Nun ist es aber auch nicht so, daß Ewald Butenschön nur reden und nicht zuhören könnte, wie so viele andere Leute. Ganz im Gegenteil, wenn er etwas seiner Meinung nach Interessantes zu sehen oder zu hören kriegt, dann ist er aufmerksamer als die meisten anderen. Bloß langweilen lassen will er sich partout nicht.

„Bei dem Namen Stör weiß man nicht gleich, wovon die Rede ist, Fisch oder Fluß? Heißt der Fisch nun nach dem Fluß oder der Fluß nach dem Fisch? Das ist eines der holsteinischen Welträtsel, das hierzulande niemanden beschäftigt. Das stört keinen an der Stör, so genau kommt es uns nicht drauf an und die bessere Beschreibung ist erfahrungsgemäß oft ungefähr. Etliche Kilometer flußaufwärts zum Beispiel, findet sich ein Dorf mit dem schönen Namen Rosdorf. Die Einheimischen sprechen es aber Roßdorf aus, obwohl es in den meisten Gärten wohl Rosen, aber auf kaum einem Hof noch Pferde gibt. Vielleicht will man sie auf die Art in Erinnerung behalten. Man muß die Dinge nicht so unhöflich genau bezeichnen, das geht an mancher Wirklichkeit vorbei. In Rosdorf gibt es eine Gastwirtschaft, die hat den einsehbaren Namen *Zum Störblick.* So könnte ja nun jede Kneipe heißen, aus der jemals einer mit leichten Sehstörungen herausgekommen ist, weil er sich eine zu üppige Portion Alkohol zugeführt hat, aber wer kennt noch eine? Da diese Wirtschaft am Talhang der Stör liegt, denkt sich jeder, sie wird nach ihrer schönen landschaftlichen Lage mit Blick auf den Fluß benannt worden sein. Das ist jedoch grundfalsch. Der Fluß ist von dieser Stelle einige hundert Meter entfernt und zu weit in die Wiesen eingeschnitten, als daß man ihn sehen könnte. Genau aus diesem Grund heißt das Lokal *Zum Störblick* .

Ich würde mein Lokal nur *Zum Störblick* nennen, wenn man den Fluß ständig sehen müßte. So eine Aussicht ist verführerisch schön, man möchte den ganzen Tag in Muße das Wasser fließen sehn, wer kann sich das schon leisten. Man könnte natürlich die Tür zumachen und müßte nichts mehr sehen von draußen. Dann würde der Anblick nicht länger stören. Aus diesem Grund steht der Name ja auch außen dran und nicht drinnen, es hat eben alles seine Ordnung."

Wer jetzt Ewald Butenschön verdattert ansehen sollte, müßte befürchten, daß er im nächsten Moment mit einem Spiegel . . . nein, so ist er nun doch nicht. Sein Lokal heißt aus guten Gründen *Zum Lindenkrug* und, wenn auch ein wenig verblaßt, noch immer Harmonie. Ein wundermilder Wirt ist er nicht, ein wenig wunderlich schon und mild verschroben, gelinde gesagt. „Und wie weit geht ihr Holstein?"

„Sehr weit, wenn's drauf ankommt!"

„Ich meinte das mehr geographisch."

„Bis zum Nord-Ostsee-Kanal bestimmt, vielleicht noch ein wenig darüber hinaus. Man könnte sagen im Norden ist Holstein zu Ende, wo aus den Hüttener Bergen die Neue Sorge in die Alte Sorge fließt. Da irgendwo fängt Schleswig an. Und Schleswig-Holstein ist zu Ende gleich hinter Glücksburg, da verliert es sich wieder im Wasser und hinter dem Wasser liegt Dänemark."

Bevor Ewald Butenschön auch noch zu einem Vortrag über Glücksburg ansetzt, tut man wirklich besser daran zu gehen.

DIE EINLADUNG

Fürchtegott Dissen war der neue Pastor der Gemeinde. Er war seit gut drei Jahren da und von den Bargenhoopern noch nicht so recht zur Kenntnis genommen worden. Das war seinem Vorgänger, dem alten Pastor Hannemann, zwar nicht anders ergangen, aber doch nur was seine Berufsausübung anging, ansonsten war er einer von ihnen gewesen und auf seinem Stammplatz im Lindenkrug eine feste Größe der Gemeinschaft. Hannemann war ein Mann mit Kanzelgabe gewesen, der seine Beredsamkeit ins Brausen bringen konnte. Wenn ihn sein Hirtenamt mitriß, oben auf dem Predigtstuhl, dann redete er sich leicht in Rage und ließ es seine Christenpflicht sein, diejenigen, die ihn die Woche über mit irgendwas geärgert hatten, von daher im Namen eines Höheren gehörig abzukanzeln.

In der Harmonie mochte das hingehen, da tat das jeder mal, vor allen Dingen da konnte man widersprechen und ihm auch mal einen mitgeben. In der Kirche wurde den Bargenhoopern ihr Poltergeistlicher aber schließlich zuviel. Sie stellten ihre Gottesdienstbesuche nach und nach ein und wollten ihre vorige Gewohnheit, dem Neuen zuliebe, auch nicht wieder aufleben lassen.

In der Kirche ließen sie ihren Pastor allein, da war er ja sowieso in guter Gesellschaft, da wollten sie weiter nicht stören. Nur an Weihnachten nicht, dann strömten sie festlich gestimmt an die Wiege ins Gotteshaus; es wäre auch zu traurig gewesen und irgendwie Mißachtung, ihn das ganze Jahr lang in die hallende Leere predigen zu lassen, in der meist nur Elsbeth Lammers saß und zu jedem Absatz nickte. Nicht einmal der Küster Hinni Knickrehm, der schlecht und recht die Orgel spielte, seit Frau Pastor Hannemann, eine Künstlerin auf dem Instrument, mit ihrem Mann ins Altersheim nach Kiel gezogen war, nicht einmal Knickrehm blieb bis zum Gottesdienstbeginn in der Kirche. Er kam zeitig am Sonntagmorgen, schloß auf, steckte den Schlüssel von innen wieder auf das Schloß und - Macht hoch die Tür, das Tor macht weit - ließ die beiden Flügel einladend offen stehen. Dann setzte er das Läutwerk in Gang und ging zurück in die Küsterkate.

Wieder in seinem Wohnzimmer, setzte er sich gemütlich mit einem Kaffeepott in den Lehnstuhl ans Fenster und paßte genau auf, wer sich etwa sehen ließ. Kam Elsbeth Lammers oder sonst noch wer, dann zog er sich die Jacke an und versah sein Organistenamt, trat aber eine Viertelstunde nach der festgesetzten Gottesdienstzeit der Pfarrer zögernd aus der Kirche, um die Flügeltüren zu schließen, dann setzte er noch den Hut auf und ging in den Lindenkrug.

Das war sie, die Krise der Kirche und alles Kirchlichen in einer säkularen, immer weiter sich verweltlichenden Welt, die noch, wenn es denn möglich wäre, das Fähnlein der Aufrechten selbst abbringen könnte vom Wege, worüber er dem Fähnlein eine aufrüttelnde Predigt gehalten hätte am heutigen Sonntag, wenn es denn erschienen wäre. Mußte es ihm nicht sogar so vorkommen, als würden die Dörfler ihn regelrecht bestreiken. In seiner ganzen bisherigen Amtszeit hatte er noch keine Trauung vorgenommen, den jungen Paaren genügte der amtliche Trauschein, sie verzichteten auf seinen Segen. Und geradezu Starrsinn war es, daß kein Dörfler in den gut drei Jahren seines Hierseins das Zeitliche gesegnet hatte; das war nicht normal für Dissen, das war schon Trotz!

Sicher lag das auch daran, daß die Alten, die sich nicht mehr gut selber helfen konnten, ins Altersheim nach Hogenbüttel zogen. Dort ließen sie sich denn auch begraben, damit die anderen Heiminsassen sie leichter besuchen konnten, bis schließlich auch sie ganz dablieben. Und trotzdem, das war nicht nur ein Affront gegen die Kirche, das war auch noch gegen die Statistik.

Das einzige, das sie ihn machen ließen, waren Kindstaufen und Konfirmandenunterricht - ohne Taufe konnte man die Geburt eines Kindes nicht gut feiern, so war nun mal der Brauch, und ohne Konfirmandenunterricht keine Konfirmationsfeier und damit kein Geld!

Aber wie sie ihn spüren ließen, daß er nur ein lästiges Anhängsel war und der Kirchgang eine Pflichtübung. „Moken Se man ni so lang, Herr Paster, dat Eeten is bestellt!"

Auch hatten sie ihn zu keiner Kindstaufe eingeladen bisher! Für die Bargenhooper gehörte der Pfarrer beim Kaffeetrinken ganz selbstverständlich dazu, aber wenn er nicht von alleine kam, dann wollte er wohl nicht, und wer nicht will, der hat schon.

Die Konfirmanden saßen ihre Zeit ergeben ab, beschossen sich mit Zwillen oder schrieben sich Briefchen, die mit dem Katechismus nichts zu tun hatten. Was immer er ihnen erzählte, es ging nicht einmal da rein, um dort rauszukommen, es verlor sich folgenlos im Raum. Da nutzte er die Zeit des Konfirmandenunterrichts schließlich für sich und trug aus dem Stegreif Predigttexte und Entwürfe für Traktätchen vor, prüfte, wie sie ihm aus dem Munde kamen - leicht gesprochen, eh gedacht - und schnitt seine Unterrichtsstunden zwecks späterer Verwendung stiekum auf einem Tonband mit.

Denn dieser Fürchtegott Dissen war ein heimlicher Literat und Verfertiger einer hochgemuten Prädikantenprosa, die alles in der Welt auf den rechten Platz zu rücken wußte, in einem unerschrockenen Ichabersageeuch-Stil. Jeden Sonnabend brachte das Hamburger Stadtblatt seinen geneigten wie noch nicht geneigten Lesern Fürchtegott Dissens Wort zum Sonntag und konnte so gut auf eine Scherz und Satireseite am Wochenende verzichten. Dissens Kolumne war, was kein geringes Kunststück ist, regelmäßig sowohl herzerlabend als auch zwerchfellerschütternd, ein Lesebeitrag für beinahe jedes Temperament. Wer seinen Vermahnungen und trostreichen Wendungen nicht geneigt sein mochte, der bog sich vor Lachen.

Zum Leidwesen ihres Seelsorgers waren die Bargenhooper das eine nicht und mußten das andere lassen, sie lasen nämlich das Hamburger Stadtblatt nicht. Also lernte die Gemeinde ihren liebenswerten, vielbegabten Pfarrer in der Kirche nicht kennen und auch in der weiten Welt nicht, in der er sich langsam aber sicher, mit nie erlahmendem Eifer und stetem Bemühen, unbeirrt und unbeirrbar schlußendlich den ihm gebührenden Platz denn doch erkämpft hatte. Und das wollte Dissen in Bargenhoop nun auch.

Lange hatte er überlegt, wie er die Produkte seines Geistes an den Mann und die Frau bringen konnte, nicht da draußen irgendwo sondern hier am Ort. Hier war gewiß nicht Rhodos und kein Parnaß, aber, das war der springende Punkt, hier war nun mal er und wollte, zum Teufel noch mal, auch zur Kenntnis genommen werden.

In seine Predigten kamen sie nicht und bei Hausbesuchen schenkten sie ihm, wie sie sich ausdrückten, geistliche Getränke ein, was das Zeug hielt: „Damit das auch ‘n büschen gemütlich wird, Herr Paster!" Er vertrug Alkohol nicht besonders und mochte doch auch nicht ewig nein sagen. Einige Male war er unangemessen fröhlich nach Hause zurückgekehrt und mußte in der Folge die Hausbesuche auf das unumgänglich nötige Maß beschränken.

Wie sollte sich einer da seiner Gemeinde vernehmbar und verständlich machen? Er hatte noch knapp zwei Jahre seinen Dienst in Bargenhoop zu leisten, bis er sich auf eine andere Stelle bewerben konnte, und einfach verstummen und aufgeben wollte er nicht: Sie sollten ihn kennenlernen.

Las man denn keine Zeitungen in Bargenhoop? Einige Familien ließen sich eine Lesemappe kommen, mit einer Auswahl der gängigen Illustrierten und grünen Blätter, noch ein paar mehr hielten ein Abonnement der Regionalzeitung. Nur das Anzeigenblättchen für Hogenbüttel und Umgebung kam wöchentlich kostenlos in jedes Haus. Es erschien mit dem ausufernden Untertitel: Amtliches Bekanntmachungsblatt des Amtes Hogenbüttel-Land und der amtsangehörigen Gemeinden Bargenhoop, Eekenholt, Ellernhorst, Dengelfeld, Gnäkelkamp, Hansrade, Negenbostel, Oldenkotten, Riemel, Roggendörp, Schapshörn, Uhlenhusen, Westerhagen und Wischkrog. Der Hogenbütteler Anzeiger war das einzige Presseerzeugnis, mit dem er alle Gemeindemitglieder hätte erreichen können. Doch darin, zwischen den Annoncen des örtlichen Handels, der Einladung zum Bastelkurs „„Wir basteln einen Teddy aus Heu", und dem Bericht der Landfrauenvereinigung über den alljährlichen Tagesausflug (diesmal mit Mittagessen und Nachmittagskaffee zum Phantom der Oper!), das war nichts für Fürchtegott Dissens Ambition. Wenn er darüber nachdachte, wie wenig der Prophet galt im eigenen Land, dann konnte er nur verzweifeln oder wie gewöhnlich, um seinem Landkoller zu entgehen, in die Stadt fahren.

Von MittelHolstein aus hatte man die Wahl, wenn man wieder mal Stadtluft schnuppern wollte, zwischen der größeren Klein- und Landeshauptstadt Kiel und der kleinen Groß- und Weltstadt Hamburg. Beide waren gleich weit weg, von Bargenhoop aus gesehen so gut wie aus der Welt.

Fürchtegott Dissen zog Hamburg vor, nicht nur weil er dort studiert hatte und bei jedem Streifzug durch die Stadt auf hochwillkommene Anlässe zu Erinnerungen traf. Hier war ihm, im Gegensatz zu seiner Pfarrstelle, auch so recht frei und hansisch zu Mut. Mochte ihm der Verkehrslärm in den Ohren dröhnen und der Gestank der Abgase die Nase verschließen, das Herz ging ihm auf; ja Hammonia, sagte sich Dissen beschwingt, das ist doch'n ganz anderer Schnack!

Wenn er am späten Vormittag am Dammtorbahnhof ankam, er stand an so einem Stadt- und Festtag nicht gerne früh auf, da schlenderte er über den Campus, das war Müßiggang! und besah sich Plakate und Wandzeitungen, sowie, eher verstohlen, die neueste Studentengeneration. Und erst die Geschäfte! Wie lebensnotwendig Buchläden sind, das war ihm erst recht deutlich geworden, seit er sich in Bargenhoop niedergelassen hatte. Die einzige Gelegenheit ein Buch zu bekommen, wenn er nicht die gut zwanzig Kilometer nach Altholm oder in die Kreisstadt fahren wollte, das war ein Laden in Hogenbüttel, in dem man für gutes Geld alles mögliche kaufen konnte, Briefumschläge einzeln, Paketband und Packpapier, Tintenkulis und Zigarren, Schwarzen Krausen und Kräuselkrepp und im hintersten Zimmer auch Bücher. Da war sich Dissen vorgekommen wie einer, der ein heimliches Laster hat, dem man in den vorderen Räumen eines anständigen Geschäftes nicht gerne Vorschub leistet.

Aber in Hamburg hielt man das Laster in Ehren, da gab es für ihn fast nichts Schöneres, als durch die Buchläden zu stöbern, zu blättern und zu sichten und einzusacken, was sein Portemonnaie nur hergab und bis ihm die Arme lang wurden. Manchmal vergaß er darüber sein Mittagessen und zum Mittag chinesisch essen zu gehen, das war seine zweite Lust an Stadtfahrttagen.

An diesem Tag hatte Pastor Fürchtegott Dissen aber noch einen anderen Grund gehabt, in die Stadt zu fahren, seine Kolumne ,Meine Meinung' im Hamburger Stadtblatt. Er hatte um einen Termin in der Redaktion gebeten, bei dem er einen langfristigen Vertrag abzuschließen hoffte. Dann würde er, da war er sich sicher, früher oder später einen Buchverleger finden für seine Presspredigten, die waren schließlich geistlich à la mode und zu rezipieren

alla breve. Ein eigenes Genre wollte er im Buch begründen, die selbstreden-
de Standpauke, ein Instanttraktat, jeder Satz wie gehämmert, jedes Wort auf
den Punkt ins Spiel gebracht und wie Kreuzbube gedroschen. Nur immer
das Gelbe vom Ei!

Aber durchaus auch ein - wie übersetzte sein Fremdwörterbuch noch Essay?

*Essay, der u. das, kurze, bewußt subjektive, geistvolle Abhandlung, ge-
danklich nicht immer geschlossen u. erschöpfend, aber formal abgerundet.*

KURZ - SUBJEKTIV - GEISTVOLL - FORMAL GERUNDET, gerade
so war die Feder, von der Fürchtegott Dissen noch träumte, als er sich von
der Bushaltestelle kommend der Redaktion näherte. Munter und aufgeräumt? Nun ja, eher schleppend und, die üblichen, sattsam bekannten Einwände der Herren Redakteure im voraus bedenkend, zunehmend bedenklich.

O Ihr Kleinmütigen, wollte er sagen, schon die Bibel bezeugt: Qualität
setzt sich durch. Wißt ihr denn nicht, daß am Ende wie im Roman noch
stets das Gute siegt? Entscheidend ist doch die frohe Botschaft am Schluß,
die zuweilen unglücklichen Umstände am Wege, die sind es eben nicht. Der
Wurm soll dem Fische doch munden, schmeckt er dem Angler und dem
Fischhändler auch eher nicht. Achtet, ihr Kleingläubigen, nicht immer so
auf das zeitgebundene, sprachliche Gewand, nicht auf das Härene im Heh-
ren, in das die Message nun einmal gekleidet ist. Aber ach, das Argument
wäre nicht gut, sie würden ihm wie die Zirkuslöwen mit Wonne das Gewand zerreißen.

Nein, so ginge es nicht. Die Form war nun einmal keine Formalie, In-
halte hin oder her, es war ihm doch schließlich wichtig, wie er schrieb.
Nicht nur was am Ende herauskam war von Bedeutung, sondern auch wie
es herauskam und natürlich woraus. Aus unerschütterlichem Vertrauen in
die Sache der Kunst nämlich und aus dem Künstler persönlich, aus Fürchtegott Dissen, aus ihm! Er würde gegen jeden Einwand den Kunstvorbehalt
gebrauchen. Wer verstand denn etwas davon, wenn nicht er, der Autor. Jawohl, es handelte sich um Kunst! Kunst in Reinkultur, um Predigtkunst,
Zuspitzkunst, um die Kunst, das Wesentliche auf den springenden Punkt zu
bringen!

Sollten sie ihn mit seinem Anliegen tatsächlich abweisen, so wiesen sie einem Künstler und Prediger die Tür, und beiden in einer Person, einem Kunstprediger und Predigtkünstler sozusagen, ein doppelt schweres Verbrechen. Das sollten sie wagen, er würde, er würde sagen...

„Na, wie geht's, wie schaut's aus, Grüß Gott allerseits!"

„Ja, der Dissen, auch mal wieder in der Stadt? Das ist nett, daß Sie reinschauen, Sie sind immer gern gesehen, das wissen Sie doch, nicht wahr?"

„Schließlich haben wir einen Termin?!"

„Ach, Sie auch? Da will ich Sie nicht aufhalten, ich muß ganz schnell zur Konferenz, wie sind wir doch immer in Eile und immer spät dran, nicht wahr, bis demnächst einmal, auf Wiedersehen, Herr Dissen!"

Und damit war er draußen, der Chef der Kultur beim Stadtblatt, ehe Fürchtegott Dissen noch die Redaktionstür wieder hatte schließen können, geschweige denn seinen fröhlichen Ausgehschlips geraderücken.

„Was denn für eine Konferenz um diese Zeit?"

„Was soll's schon sein", sagte die Sekretärin," die sitzen gleich alle um die Ecke im *Umbruch* wie üblich und schenken sich einen ein. Wenn Sie auch gern einen heben tagsüber, gehen Sie ruhig hin. Wenn Sie aus dem Haus kommen zweimal links, fünfzig Meter auf der rechten Seite. *Umbruch*, steht groß dran."

Damit ließ sie ihn stehen, schnappte sich ihre Tasche und stöckelte zum Damenklo. Dissen drehte sich einmal um sich selber und sah niemanden weit und breit, in diesem Moment gehörte die Zeitung gewissermaßen ihm; ach, was ein wirklicher Kopf machen könnte aus einem solchen Instrument der Verkündigung. Und was tat er stattdessen, er predigte vor leeren Bänken, warf Perlen noch und noch in Bargenhoop und im Hamburger Stadtblatt, und jetzt, jetzt ging er in dieses Lokal zur Konferenz der Biertulpen.

Im *Umbruch* ließ man hochleben sich und die Hopfenkaltschale und die Schwarze und jede andere Kunst und, weil man so gut dabei war, jeden, der nur hereinkam, so auch Dissen, der prompt ein Gesicht machte wie Lots Weib im Hinblick auf Sodom.

„Da seht ihr einen Begnadeten, ihr Kinder Euterpens, ja, schaut ihn euch an. Der schreibt nicht nur unwahrscheinlich lyrisch, der wird auch gedruckt!

Und von wem wohl", rief der soeben noch als erprobter Schweizer Degen bewunderte nun wieder aktive Kulturredakteur, „Na . . . ?"

„Von Ihnen???!!" riefen drei junge Leute da und sahen entzückt vom Verwalter der Produktionsmittel zu demjenigen, der bereits in ihnen verfügte.

„Dissen, ich darf doch Fürchtegott sagen, komm in uns're Mitte und gib uns die Ehre. Jutta, eine Runde auf ihn!"

Da stand Dissen und konnte seine Wut nicht festhalten, während eine junge Dame ihn anlächelte und zwei Kerls ihm kollegial und heftig auf die Schulter klopften.

„An dem nehmt euch ein Beispiel, der steht mitten im Leben als Stütze der Gemeinde und tauft und traut, nee umgekehrt, ist auch egal, und konfirmiert und beerdigt das ganze Jahr rund und findet noch Zeit, sich von der Muse küssen zu lassen. Und wo das alles? Weit weg von den Orten, wo das Leben tobt und der Bär tanzt. In der entlegensten Provinz, sage ich euch, da, wo sie am tiefsten ist, im Jenseits geradezu."

Die jungen Männer hatten aufgehört, auf Dissen herumzuklopfen und rieben sich verlegen die Hände.

„Und das, mein lieber Früchte . . ., Gott was hast du bloß für'n fürchterlichen Namen, das, mein lieber Dissen, ist die Gruppe Glencheck, für die mußt du unbedingt mal was tun!"

Schon wieder hatte Dissen sich von diesem Kulturheini kalt erwischen lassen. Kaum tauchte man wo auf, hatte gerade so den Fuß in der Tür, da wurde man auch schon eingebaut in irgendwelche Pläne. Man sollte dem Ochsen das Maul verbinden. Er schaute die Gruppe Glencheck an wie Moses die Rotte Korah angesehen haben mag, völlig verständnislos aber schon göttlich ergrimmt. Die wichen auch gleich einen Schritt zurück von diesem Finsterling, der mit gerunzelter Stirn und geballten Fäusten vor ihnen stand, kein Wort herausbrachte und sich nicht vorwärtsbewegte und nicht zurück.

Der einzige, der diese Szene genoßen, das war Bartram, der Kulturredakteur. Er schätzte verfahrene Situationen und vertrackte Verhältnisse und suchte, wo er nur konnte, Engführungen zu gestalten und Widerspruch zu erregen. Er liebte den Aberwitz und trieb Sinn wie Widersinn in Schachtelsätzen voran, die manchen arglosen Zuhörer gefangennahmen in der Satz-schachtel, bis Bartram sich herabließ und den einzig möglichen Ausweg wies.

Er nahm die bleiche junge Dame, der das hennarotgefärbte Haar bis vor die Augen fiel, entschlossen bei den Schultern und schob sie wie eine Schachfigur auf Dissen zu.

„Das, mein lieber Dissen, ist die Hoffnung des Feuilletons wie aller Liebhaber der Lyrik, die hochbegabte Undine Achzger-Blend!"

Da trat die hochbegabte Undine noch einen Trippelschritt vor und küßte Fürchtegott Dissen einmal links, einmal rechts, einmal links, zart und ehr-furchtsvoll auf beide Wangen. Der gute Pastor war erledigt, sein Zorn we-gen der Überrumpelung durch Bartram war dahin. Wie der Schnee auf den Bergen Galiläas von der Sonnenglut geschmolzen wird, so zerrann der un-selige Groll, sein ehdem verstocktes Herz hüpfte wie ein Zicklein auf grü-ner Aue und in nullkommanix war er gänzlich anderen Sinnes geworden.

„Und dieser hoffnungsfrohe junge Fant hier wird so manchen ungläubig aufhorchen lassen mit seinen kühnen Kon- wie Dekonstruktionen, in denen er noch das Inkommensurabelste haarsträubend heiter ins düstere Wortbild zwingt, Bertel heißet der Kühnast, sieh ihn dir an Dissen, ruckartig ver-beugt er sich, der Schlacks, als mühte er sich aus dem Bild zu kommen, und ist doch infolge Alkohols schon lange nicht mehr in demselben, nicht wahr?"

Da war Bertel Kühnast, nur leicht angeschoben, vorgetreten und hatte ei-nen artigen Diener gemacht. Das dritte Mitglied der Gruppe zog es vor, sich selber vorzustellen.

„Ich bin der Derek Scheinfoht, Begründer der Gruppe Glencheck. Wir freuen uns sehr, Dich kennenzulernen!"

Schon waren auch die viel zu schnell geschenkten Biere da und Bartram verteilte die Gläser.

„Auf die Freundschaft, meine Lieben, und auf eine fruchtbare Zusam-menarbeit zwischen unserem verehrten Fürchtegott und der Gruppe Glen-check! Ich habe mir das nämlich so gedacht, nun schweigt mal einen Mo-ment stille und hört zu. Ihr habt jeweils genau das, was der andere braucht,

25

und zudem das, was euch gemeinsam nötig ist herauszukommen aus den unliebsamen Zwängen eurer gegenwärtigen Lage; genau wie der Blinde und der Lahme, ihr kennt das Liedchen?

Ja, da schaut ihr euren Bartram recht unverständig an! Auf euer wohl, Kinderchen! Dissen, ich muß nur mal eben schnell für kleine Jungs . . ." sagte der höchst vergnügte Herr Kulturredakteur, trank sein halb leeres Glas in einem Zug ganz aus und wandte sich zum Gehen.

„Fürchti, du sorgst schon mal für Nachschub, nicht wahr?"

Da drehte der alleinstehende Seelsorger, der erwartungsvoll auf ihn gerichtete Kinderaugen nicht gut ertragen konnte, sich um und sagte: „Äh . . . Fräulein, äh . . ."

„Ich heiße Jutta!"

„Äh, Fräulein Jutta, machen Sie uns doch noch einmal das gleiche bitte".

„Ist schon in Arbeit, mein Bester. Und das Fräulein lassen wir weg, ja, das ist seit der Kreidezeit dahin. Wie heißt du übrigens, mein Guter?"

„Äh, Fürchte . . ., äh Diss. . . sag einfach Fürchti zu mir".

Und Fürchti bekam seine Runde ruckzuck eingeschenkt und auf dem Deckel angestrichen, und er bekam die Biere auch hurtig los und einen Seitenblick bekam er, unter den roten Strähnen hervor, und ein gehauchtes Dankeschön dazu - das war viel für den Anfang und für einen alleinstehenden Pastor sowieso.

„Was schreiben Sie denn so, ich kann mich gar nicht erinnern, schon einmal irgendwo Ihren Namen gelesen zu haben", wollte Derek Scheinfoht von ihm wissen.

Während Dissen angestrengt nachdachte, wo dieser Bartram nur blieb und wie er's den Kindern bloß vernünftig und nachvollziehbar, aber auch nicht zu weitschweifig nahebringen könnte, was er so schrieb und wie und warum, was 'ne Frage aber auch? Wie sollte einer darauf vernünftig antworten können ohne entweder umstandslos in eine Lesung seiner sämtlichen Werke einzutreten oder hoffnungslos verkürzend, nichts weiter als unerträgliche Gemeinplätze von sich zu geben . . .

„Ja also, das ist nicht so einfach zu erklären . . ."

„Ihr versteht euch ja prächtig, wie ich sehe", schmetterte Bartram, legte den Arm um Dissen links und Undine Achzger-Blend rechts und drückte beide gerührt von so viel spontaner Einfühlung vor seiner Brust aneinander. „Ihr werdet ein überragendes Gespann, ich sag's euch! Nur beim Bestellen dürft ihr mich nicht vergessen, ah, da steht's Bierchen ja!"

Er nahm einen guten Schluck, wischte sich den Schaum vom Mund und nahm Dissen vollends in Beschlag.

„Fürchti, es gibt zu tun, da ist eine richtige Aufgabe für dich, wie gemacht für einen Pastor und Literaten! Du wirst der getreue Eckehard dieser jungen Leute sein, ein Eckermann in Glencheck. Du mein lieber gottesfürchtiger Dissen, keinen Dissens bitte, wirst diese drei aus dem Dunkel der noch nicht einmal Vergessenheit ins gleißende Licht der Öffentlichkeit führen. Du wußtest es noch nicht, aber du bist der geborene Entdecker ungehobener Schätze, und nicht nur diesen Schatz hier sondern alle drei empfehle ich deiner besonderen Aufmerksamkeit, in poetischer Hinsicht selbstverständlich! Du wirst einen rauschenden Erfolg feiern mit einer beispiellosen Veranstaltung in . . . in diesem . . . deinem Dorf, wie heißt das Dings noch mal?"

„Bargenhoop. Ich komme aus Bargenhoop."

„Du sagst es, und da wird er euch eine Lesung veranstalten, meine lieben Glenchecker, die an Denkwürdigkeit ihresgleichen suchen wird, das Coming out, euren Durchbruch in die literarische wie ländliche Welt. Ich ahne eure Einwände schon. Bargenhoop, wollt ihr sagen, wo ist das denn, ist das vielleicht literarische Welt? Ich aber sage euch als alter Fahrensmann des Feuilletons, es geht nur über die Dörfer, durch die schmale Pforte, nicht wahr Dissen, durch das Nadelöhr eher als über die breite Straße führt der Weg zum Erfolg. Nicht auf gepflasterten Wegen ziehen die Auserwählten dahin, nicht auf eingefahrenem Geleise. Niemals wandelt der wahre Künstler auf der geglätteten Bahn, steinig ist der Weg, dornenreich und gewunden. Ich hätte selber Pastor werden sollen, Dissen, da würd ich mir'n Lenz machen, nicht so wie du!"

„Aber das geht nicht, ich habe gar keinen Platz im Pastorat und wir haben kein Gemeindehaus in Bargenhoop und in der Kirche, nein, Musik ja, ein geistliches Konzert sehr gerne, aber moderne Lyrik in der Kirche, das ist des Guten zuviel."

„Und einen weltlichen Raum habt ihr nicht, einen Gasthof? Ihr werdet doch eine Wirtschaft haben in eurem Nest, so armselig kann's doch nicht sein! Außerdem, es wird Sommer, mach ein Festival open air, unter freiem Himmel! Buddha hat unter einem Baum gesessen und geredet, eine alleinstehende Eiche werdet ihr doch wohl haben . . ."

„Lindenkrug! Wir haben den Lindenkrug und der hat einen Saal, er wird zwar selten genutzt, aber dort könnte es gehen."

„Bestens! Da seht, ihr Glenchecker, es ist für alles gesorgt. Fürchti wird einen Termin ausmachen und ihr habt euren Auftritt im Lindenkrug, meinen herzlichsten Glückwunsch!"

„Aber ich dachte, Herr Bartram, sie wollten etwas von uns im Stadtblatt veröffentlichen?"

„Aber Kinder, ihr könnt doch den zehnten Schritt nicht vor dem ersten tun. Wie schon der chinesische Weise sagt, auch eine Reise um die Welt beginnt mit dem Schritt vor die Haustür. Ihr solltet das freundliche Angebot Dissens nicht geringschätzen. Hochmut kommt vor dem Fall, geht in die Welt hinaus, lernt und macht euch bekannt, dann werden euch alle Türen offenstehen. Das Hamburger Stadtblatt, wenn es euch dann nicht zu popelig ist, wird euch sicher gewogen bleiben. Und ich habe immer ein offenes Ohr für euch, das wißt ihr doch!"

„Ein offenes Ohr und einen großen Mund", sagte Derek Scheinfoht.

„Und eine ewig trockene Kehle, die von anderen Leuten geölt werden muß", fügte Bertel Kühnast an.

„Wann könnten wir denn zu Ihnen kommen", wollte Undine Achzger-Blend von Pastor Dissen wissen und der fand die Idee mit einem Mal gar nicht mehr so schlecht.

„Macht nur einen Termin aus und laßt es mich wissen. Ich könnte mir gut vorstellen, daß das Stadtblatt, natürlich nicht gleich beim allerersten Mal, einmal einen Bericht über eine solche Veranstaltung ins Blatt hebt, mit Fotos und drum und dran natürlich. Also, ich hör von euch, ich muß mich sputen, die Zeitung macht sich nicht von selbst, war nett mit euch,

Tschüssi!"

Damit ging er ab, winkte grüßend zu Jutta hinüber und zeigte auf Kühnast und auf Dissen. Scheinfoht und Kühnast tranken ihre Gläser leer und verabschiedeten sich auch.

„Wollen wir uns nicht setzen", sagte Undine leise und betrachtete ihre Fingernägel. Dissen, der mit vor der Brust gefalteten Händen noch unglücklicher dastand als gewöhnlich, zögerte. Ihm kam es vor, als müsse er die Entscheidung seines Lebens treffen.

Undine ließ sich an einem Zweiertisch nieder und Fürchtegott Dissen, unverehelichter Pastor von Bargenhoop, für gewöhnlich ganz der Welt des Geistigen zugetan, setzte sich schwer atmend dazu.

„Sie wissen gar nicht, wie wichtig das für uns ist", bemerkte Undine und strich sich das Haar aus der Stirn. Er nickte, denn er wußte es wirklich nicht, meinte sie ihre Gruppe oder ihn und sich.

„Manche Begegnungen sind schicksalhaft . . . meinen Sie nicht?"

Da nickte er erneut, nur heftiger als zuvor. „Gottes Mühlen mahlen langsam, aber seine Wege sind wunderbar."

„Da haben Sie wohl recht. Ich bin sicher, daß wir unseren Weg machen werden. Und ich bin so froh, daß Sie uns dabei helfen wollen."

„Ich weiß nur nicht recht . . . Bitte, verstehen Sie, ich habe Ihnen nichts versprochen . . . vielleicht ist das alles nur ein großes Mißverständnis . . . Ich verfüge ja nicht über die Räume, es war so eine vage Idee mit dem Lindenkrug, wissen Sie. Es wäre doch eine sehr ungewöhnliche Veranstaltung für Bargenhoop, man müßte das erst einmal prüfen. . ."

„Wollen Sie das für uns tun", sagte Undine da in ihrem leisen klagenden Tonfall, als wäre sie überrascht von soviel tatkräftiger Menschlichkeit für die Sache der Kunst. Sanft legte sie ihre Hand auf seine Hand, „sagen Sie nichts, nicht jetzt. Prüfen Sie die Möglichkeiten, die sich bieten, und dann rufen Sie mich an".

Sie nahm eine Visitenkarte aus ihrem Täschchen und schnippte sie vor ihn auf den Tisch. Zwei Finger legte sie an ihre Lippen und winkte ihm, während sie hinausschritt, grüßend zu.

Fürchtegott Dissen war einigermaßen durcheinander, hatte er nun schon zugesagt, eine Lesung im Lindenkrug in Bargenhoop zu veranstalten? Er dächte nicht, dachte Dissen, aber wenn man den Mut hätte, den Dörflern mal was zu kauen zu geben, etwas, woran sie wirklich zu beißen hätten, das wäre so was. Wenn sie ihn das ganze Jahr in seine leer hallende Kirche predigen ließen, wenn denn überhaupt jemand erschien, dann könnte er zur Abwechslung mal ihnen auf die Bude rücken in ihrem Stammquartier und dort die Leviten lesen lassen, an einem Samstagabend vielleicht. Er wußte ja eigentlich nicht, was die Gruppe Glencheck zu bieten hatte, aber modern genug, ein bißchen zu schockieren, würden sie wohl sein. Er malte sich Undine aus, wie glänzend sie aussähe auf der Bühne von Butenschöns Saal, wenn sie gemessen und mit leiser Stimme ihre Verse dem staunenden Publikum zur Kenntnis brächte. Und jetzt fand er die Sache aufregend; könnte nicht auch er, Fürchtegott Dissen, Gemeindepfarrer von Bargenhoop, auf dieser Bühne erscheinen und ihnen ein paar seiner Kolumnen vortragen. Wenn sie schon nicht zu ihm in die Kirche kamen, so kam eben er zu ihnen ins Wirtshaus und predigte auf seine salopp literarische Art - der Geist weht, wo er will. Das war überhaupt die Idee, natürlich wollte er eine Lesung veranstalten.

Jutta kam mit einem Tablett an seinen Tisch, stellte zwei Schnapsgläser ab und setzte sich. „So, Fürchti, mein Lieber, den trink man erst mal, dann bekommt dir die Rechnung besser. Ich will nämlich kassieren, ich werde gleich abgelöst".

Er sah sich die Rechnung an und staunte, was diese Schreiberlinge schon am hellichten Tage vertilgen konnten. Um dagegen zu protestieren, daß er offensichtlich der Zahlmeister sein sollte für die ganze Gruppe, dafür fühlte er sich an diesem Tag zu schwach. Also zahlte er.

Einen unangenehmen Gang hatte er ohnehin noch vor sich, er mußte noch mal zum Stadtblatt zurück. In seiner ersten Empörung hatte er die Tüten mit Büchern dort stehen lassen. Hoffentlich traf er in der Redaktion nicht wieder auf diesen Bartram, den Menschen konnte er nicht mehr ausstehen.

In der Bahn auf der Rückfahrt nach Bargenhoop überlegte er ernsthaft und lange, warum er eigentlich noch immer allein war. Die eine und die andere

Beziehung hatte er ja gehabt als Student, das Rechte war es wohl nicht gewesen; irgendwie waren diese Dinge im Sande verlaufen, er war wohl auch etwas unpraktisch in solchen Sachen. War er nicht auch ein wenig stolz darauf gewesen, daß dieses Körperliche, dies Animalische, ihn nicht um den Verstand bringen konnte. Wie manchen anderen hatte das aus der Bahn geworfen? Und dann sahen sie ihn scheel an, diese Leute, als müßte was Besonderes los sein mit einem Pastor, der unverheiratet war. Es wäre jedenfalls längst bequemer für ihn gewesen, diesen Leuten das Maul zu stopfen und zu heiraten. Er hätte das wohl schon getan, wenn er etwas gäbe auf dieses Gerede.

Hatte er das nötig? So wie sie bestimmt nicht! Und doch . . . wäre es nicht nett, einen geistigen Menschen an seiner Seite zu wissen, eine Mitarbeiterin im Weinberg des Herrn und eine Genossin der Kunst? Das ließe sich recht wohl vorstellen. Ein gutes Gespräch am Abend könnte manches zurechtrücken, was der Tag an Unerfreulichem bringt. Es hieß doch nicht umsonst: Es ist nicht gut, daß der Mensch allein sei! Mit einer anmutigen und klugen, dem Geistigen zugewandten Gefährtin an seiner Seite wollte er es selbst in Bargenhoop wohl aushalten.

Die Heimfahrt war ihm unter solch angenehmen Gedanken noch schneller vergangen als gewöhnlich, wenn er in seinen neuerworbenen Bücherschätzen herumblätterte, um den zu erwartenden Lesegenuß einzuschätzen und die fällige Vorfreude recht auszukosten. Doch zu Hause legte er die Büchertüten achtlos auf seinem Schreibtisch ab und brühte sich eine Kanne Kaffee auf, seine erprobte Konzentrationshilfe. Still setzte er sich ans Fenster und blieb dort, bis es dunkel wurde.

Nie zuvor war er im Lindenkrug gewesen, und die Butenschöns kannte er nur flüchtig. Wie sollte er es anstellen, dort seine Lesung anzuzetteln? Es mußte ihm gelingen, und es würde ihm gelingen. Gleich morgen früh wollte er hingehen und mit dem Wirt reden; nein, vielleicht doch nicht so früh, Wirtsleute kommen oft spät ins Bett und schlafen dann sicher gern aus, also gegen Mittag.

Nachdem dieser Entschluß gefaßt war, konnte er sich endlich selber ins Bett legen.

GESPRÄCHE

Die Anspannung und der viele Kaffee zur Geistesklärung am Abend hatten ihn lange nicht einschlafen lassen. Er hätte an diesem Morgen selber ein verlängertes Schläfchen gebrauchen können, es klingelte aber schon um halb neun an seiner Tür. Das war Dissen nicht nur höchst unerwünscht, es war auch höchst ungewöhnlich; ließen seine Schäfchen ihn auch in der Kirche im Stich, so ließen sie ihn dafür zu Hause in Frieden. Für die Anmeldung zur Konfirmation gab er per Anschlag am schwarzen Brett der Gemeinde eine Sprechstunde bekannt, und wer eine Taufe veranstalten wollte, der bat telefonisch um einen Termin. Es sollte doch wohl am Ende nicht noch einer gestorben sein?

„Guten Morgen, Herr Pastor, Sie werden mich nicht kennen, ich bin nicht so oft in Bargenhoop und in der Kirche schon gar nicht. Es geht um meine Mutter, beziehungsweise um meine Mutter und mich, ich hab da nämlich ein Problem. Übrigens Kai Pinckepanck ist mein Name."

Fürchtegott Dissen bat den nett aussehenden jungen Mann herein in sein Arbeitszimmer und brühte für sich und seinen Gast Kaffee auf.

„Wissen Sie, es ist das erste Mal, daß ich zu einem Pastor gehe, um etwas zu besprechen. Daß ich das je tun würde, hätte ich auch nie gedacht."

„Umso besser für Sie. Wer seinen Pastor braucht, der lernt ihn schließlich kennen, und wie sagt man so schön, besser spät als nie!"

„Mein Pastor sind Sie ja nun weniger als der meiner Mutter, aber in gewissem Sinne meiner auch. Ich lese gewöhnlich Ihre Kolumne im HaSta. Danach schienen Sie mir einigermaßen weltoffen zu sein, mit menschenfreundlichen Ansichten. Ohne etwas von Ihnen gelesen zu haben, wäre ich bestimmt nicht gekommen. Sie kennen ja sicher meine Mutter, Martha Pinckepanck, die den Laden im Dorf betreibt . . ."

„Ja, ich komme zwangsläufig regelmäßig in ihren Laden, man will sich schließlich nicht für jedes Stück Brot gleich ins Auto setzen. Ich wünschte sie käme auch ab und zu einmal zu mir in die Kirche, Ihre Mutter."

„Das scheint weniger zwangsläufig zu sein!"

„So sieht man es in Bargenhoop, ich weiß, der Hunger nach geistigem

Brot scheint die Menschen weniger zu drängen als der Appetit auf weltliche Genüsse . . ."

„Sie dürften auch öfter beim Einkaufen sein als in ihrer Kirche, aber ich will nicht mit Ihnen streiten. Ich bin gekommen, weil ich einen Rat von Ihnen brauche und vielleicht auch Ihre Hilfe. Sehen Sie, ich bin schon ein paar Jahre weg aus diesem Dorf. Als ich die Schule endlich hinter mir hatte und eine Lehre machen sollte, da habe ich die Chance genutzt und mir einen Beruf gesucht, den man hier in der Gegend nicht so leicht lernen konnte. Ich wollte etwas Künstlerisches machen, das stand fest, bloß mußte es auch noch etwas sein, das meiner Mutter praktisch genug vorkam, handwerklich und solide. Am liebsten hätte sie es gehabt, wenn ich Einzelhandelskaufmann gelernt hätte, das können Sie sich ja denken. Auf jeden Fall mußte es etwas sein mit Aussichten, oder was sie so dafür hielt. Da bin ich zur Berufsberatung gegangen, habe mir Informationsmaterial geholt und ihr so lange über die glänzenden Aussichten gut ausgebildeter Fotografen vorgeschwärmt bis sie einverstanden war. Danach war es nicht mehr völlig unmöglich, sie davon zu überzeugen, daß ich für eine richtig gründliche Ausbildung in einem angesehenen Betrieb lernen sollte und für die notwendigen künstlerischen Anregungen unbedingt nach Hamburg mußte.

Schließlich hat sie sich den unabweisbaren Argumenten gebeugt. Damit war ich frei, verstehen Sie?"

So ganz vermochte Pastor Dissen nicht zu folgen, aber daß er einen durchaus gebildeten, künstlerischen und geistigen Menschen vor sich hatte, das verstand und genoß er sofort.

„Sie sind also aus Bargenhoop fort und der Kunst wegen in die Großstadt gegangen. O ja, das kann ich nur zu gut verstehen, das geistige Klima hier oder wie soll ich sagen die besondere Mentalität der Menschen, macht es einem der Kunst wie dem Geistigen Verpflichteten nicht leicht!"

„Das will ich gar nicht sagen, es gibt sehr eigensinnige Köpfe hier, wahre Künstler des Eigensinns, nur hat ihre Kunstrichtung wenig Anhänger außer ihnen selbst."

„So, das mag denn ja wohl sein, fortgegangen sind Sie jedenfalls trotzdem."

33

„Ich bin wegen meiner Mutter weggegangen, und ihretwegen bin ich heute da, sowohl mal wieder in Bargenhoop als auch hier bei Ihnen. Ich möchte, daß Sie mit Ihr reden. Ich bin nämlich gewissermaßen ihr ein und alles. Das hat sie früher tatsächlich so gesagt und gar nicht gesehen, wie recht sie hatte."

„Das ist aber doch recht schön von ihrer Frau Mutter, wenn sie so an Ihnen hängt."

„Es ist weniger schön als schicksalhaft, Herr Pastor, ich bin sicher, sie hätte sich schön was anderes gewünscht, aber es kam nun mal so. Oder genau gesagt, ich kam nun mal so, passen Sie auf. Als sie ein junges Mädchen war, hübsch und unbekümmert und sicher voller Pläne einmal herauszukommen aus diesem Nest und aus dem Laden ihrer Eltern - die sind sehr früh verstorben, ich hab sie gar nicht mehr gekannt - da zog eines Tages ein Wanderzirkus durch Bargenhoop. Unglückseligerweise zog er nicht durch sondern blieb liegen, es war an einem der Wagen ein Rad gebrochen. Bis der alte Stellmacher aus Hogenbüttel gekommen war und den Schaden repariert hatte, nutzten die Zirkusleute den Aufenthalt und gaben eine Vorstellung auf dem Dorfplatz. Wie oft hat sie mir davon erzählt. Und der Zirkusdirektor, der so stramm und gut aussah, der reiten und voltigieren konnte und mit Flaschen, Bällen und Reifen jonglieren, der wurde mein Vater.

Der Zirkus reiste weiter, als der eine Schaden behoben und der andere geschehen war. Meine Mutter blieb in Bargenhoop, nachdem ich auf die Welt kam. Sie hat dann den Laden meiner Großeltern übernommen, aber geheiratet hat sie nie. Sehen Sie, was ich meine?"

„Das ist ja 'ne schöne Geschichte! Ich muß schon sagen, auf Anhieb so ein Pech. Mit einem Kind ganz allein, da hängt Ihre Mutter sicher sehr an Ihnen!"

„Und wie! Sie machen sich keinen Begriff!"

„Dann ist doch alles in schönster Ordnung, was haben Sie denn für ein Problem?"

„Ich glaube, ich hätte nicht zu Ihnen kommen sollen. Mein Problem ist, sie hängt viel zu sehr an mir. Sie interessiert sich kaum für anderes als dafür, wie es mir geht und was ich mache. Früher hat sie krampfhaft ver-

34

sucht, mich von den Mädchen fernzuhalten, damit ich mir nicht die Zukunft verbaue, wie sie sich immer ausdrückte. Dabei habe ich mich nie sonderlich für Mädchen interessiert, ganz im Gegenteil. Und in der letzten Zeit will sie jedesmal, wenn ich komme, von mir wissen, ob ich nicht endlich heiraten will."

„Das ist doch nur recht und sehr fürsorglich von ihr. Ich glaube im Leben jedes Mannes kommt der Moment, in dem er sich binden sollte und entschlossen in den Hafen der Ehe einlaufen. Manchmal braucht es einen äußeren Anstoß, das sage ich Ihnen aus eigener Erfahrung, einmal ernsthaft darüber nachzudenken, ob man sich nicht offen und öffentlich zu einem Menschen bekennen sollte. Vielleicht ist das jetzt der Moment."

„Meine Mutter würde glatt in Ohnmacht fallen. Ich fühle mich nämlich nicht zu Mädchen hingezogen."

„Glauben Sie mir, das kommt oft spät und überraschend, man merkt es wohl zunächst nicht einmal. So lange hat man vor sich hin gelebt, mehr oder weniger zufrieden, und gar nicht mehr nachgedacht über das Unnatürliche dieses Zustands, bis dann mit einem Mal, in einer einzigen Begegnung, das Ungenügen des Alleinseins wie mit Händen greifbar wird. Mein lieber junger Freund, Sie sollten es ausprobieren! Sehen sie sich nur einmal um nach einem netten Mädel, das Sie Ihrer Mutter vorstellen könnten, und ziehen sie in Erwägung, ob es nicht liebenswert ist, eine natürliche Ergänzung ihres Lebens, Ihre Zukunft sozusagen. Ja, das müssen sie probieren, allein schon Ihrer Mutter wegen!"

„Es ist nicht so, daß ich Mädchen nicht mag . . . es ist bloß nicht spannend, es ist nicht meine Welt, verstehen Sie?"

„Probieren Sie es aus, ich glaube, ich kann wohl sagen, Sie werden überrascht sein. Und Ihre Mutter erst! Und dann kommen Sie wieder zu mir und wir reden miteinander von Mann zu Mann, wollen Sie mir das versprechen?"

„Je nun, probiert habe ich das schon. Und je öfter, um so weniger hat es mir gefallen. Ich glaube nicht, daß das meine Zukunft ist . . ."

„Suchet und ihr werdet finden. Nun müssen Sie mir aber auch einen Gefallen tun. Sie kennen doch sicher diesen Gastwirt vom Lindenkrug, was ist das für ein Mensch? Ist er auch geistigen Interessen zugänglich?"

„Ewald Butenschön? Das will ich wohl meinen! Der ist, glaube ich, nur Gastwirt, damit er Leute in Gespräche verwickeln kann über Philosophie und Gott und die Welt. Den sollten Sie kennenlernen, der macht sozusagen Ihren Job hier im Dorf, der hört den Leuten zu und predigt ihnen was und schenkt noch Köhm und Bier aus dazu!"

„Das ist nicht gerade das Wasser des Lebens, aber da kann die Kirche wohl schwer mithalten, wie ich meine Dörfler kenne. Gleichviel, glauben Sie, daß man bei ihm eine literarische Lesung veranstalten könnte?"

„Aber sicher! Und'n guten Aquavit hat er übrigens auch. Wenn Sie im Lindenkrug was veranstalten wollen, dann wenden Sie sich nur vertrauensvoll an Ewald, der wird begeistert sein. Am besten gehen Sie nachmittags um fünf hin, da macht er gerade auf und hat bestimmt Zeit.

„Würden Sie mir die Freude machen, Herr Pinckepanck, und mitkommen zu diesem Gespräch? Sie sind doch auch ein kulturbeflissener Mensch, das könnte die Sache sehr erleichtern."

Lächelnd versprach ihm Kai gegen fünf vorbeizukommen. Das mit Butenschön war ja ein Selbstgänger, das kriegten sie leicht geregelt und dem Gespräch mit seiner Mutter würde Pastor Dissen sich danach kaum noch entziehen können.

Fürchtegott Dissen ging, beschwingter noch als Kai Pinckepanck zum Laden seiner Mutter, zwischen den Bücherreihen in seinem Arbeitszimmer auf und ab. Hier lud er sich gewöhnlich auf mit geistigem Gehalt durch einfaches Hinundherwandeln im Kraftfeld der Geistesgrößen. Dissen konnte fast körperlich spüren, wie er induktiv zunahm an Einsicht und Weisheit, die ihm zu Nutz und Frommen zwischen Buchdeckel gepreßt waren. Auf dem Felde des Geistes, die plötzliche Einsicht durchrieselte ihn wie eine alles benetzende Quelle, war er nicht länger einer, welcher unter vielen ferner liefe. Er war oder würde doch wenigstens recht bald der Fürchtegott Dissen sein, von dem man wußte und sprach. Durch den Erweis eines sehr bestimmten Artikels würde er recht bald *der* bewußte, *der* Bestimmte sein, der von der wonnigen Dissenschen Vorsehung längst Vorgesehene, derjenige, welcher!

An diesem bestimmten Artikel arbeitete er allerdings noch. Er würde überaus erfolgreich sein, das war ausgemacht, aber was er sein würde, war noch nicht klar: ein Essay, eine Predigt, ein Traktat, ein Poem am Ende oder gar ein Roman? Träger und Wahrer wollte er sein des Wissens und ein wahrer dazu, dazu war er seit langem entschlossen.

Und nun, zunächst einmal, würde er der Veranstalter einer Lesung von Poesie der Moderne werden. Das gefiel ihm immer besser. War man schon derartig unter die Heiden gefallen, in dieser Dorfeinöde und Geistesdarre, so konnte man ungebeugt die Fahne der Kultur hochhalten. Kam keiner, sich die Leviten anzuhören, so konnte man mitten unter sie gehen in ihre Wirtschaft hinein und konnte lesen lassen und würde das Haupt sein und sie der Schwanz bleiben, Punktum!

Um diesen Punkt kamen ihm nun aber doch Bedenken: Moderne Lyrik, ging es da nicht hauptsächlich oder wenigstens immer wieder um . . . um diese Dinge? Genau besehen wußte er ja nichts über das Schaffen der Gruppe Glencheck. Wenn die nun so modern schrieben, wie das vielfach üblich geworden war, so überaus direkt in gewisser Hinsicht? Es handelte sich ja gewiß um Kunst, aber Hummel, Hummel Kunst! Seine Landleute nahmen solche Sachen eher unverblümt und wörtlich; jetzt hätte er doch gern einige Proben ihrer Dichtung vorab gehabt, da wäre ihm wohler gewesen. Noch einmal zu einem Treffen nach Hamburg zu fahren, um sich eingehend zu informieren, das würde aussehen wie ein Vorabzensur, eine Manifestation des Mißtrauens. Aber Undine! Er wollte Undine anrufen, nicht gleich, etwas später vielleicht, das war erfreulich und wäre gut begründet.

„Ich hab schon das halbe Haus durchgeputzt. Ich dachte, Sie wären nicht da. Nun kommen Sie man raus hier, ich will fertig werden, und sie fallen mir bloß über'n Scheuerlappen und brechen sich noch das Beffchen!"

Mit diesem Spruch pflegte Frau Kohfahl aufzutreten, wenn es ihr wieder einmal gelungen war, ihren Arbeitgeber zu überraschen. Lange hatte Dissen eine Aufwartefrau gesucht am Beginn seiner Amtszeit, doch entweder klang den Frauen im Dorf die Tätigkeitsbezeichnung zu katholisch oder es war ihnen peinlich, beim Paster zu putzen; längere Zeit meldete sich niemand. Das hatte Emmi Kohfahl schließlich genutzt, nicht nur einen guten Lohn für sich auszuhandeln, sondern auch ihre Bedingungen durchzusetzen: Nicht, daß sie mir allzeit unter den Füßen herumlaufen, Herr Paster, das kann ich auf den Tod nicht leiden. Wenn ich in die Gänge komm, brauch ich freie Bahn, daß es nur so flutscht, da kann ich im Haus keine Menschenseele brauchen und Männer sind sowieso immer im Weg, Sie entschuldigen schon, Herr Paster! Wenn ich bei Ihnen reinemachen soll, müssen Sie solange aus dem Haus. Das hatte er Frau Kohfahl leichten Herzens zugestanden. Als sie dann aber gekommen war, sich die Wohnung zu besehen, die sie in Schuß halten sollte, da hätte sie fast der Schlag getroffen.

Fürchtegott Dissen war nicht eben ein häusliches Talent. Er hatte solange wie möglich den vorhandenen Raum genutzt und was immer ihm im Weg war abgeladen.

„Was ist denn das", hatte Frau Kohfahl ausgerufen und ihn so befremdlich angesehen, daß er meinte, sie erkundige sich nach seiner ja doch etwas altertümlichen Amtstracht. Sachlich und hilfreich hatte er auf seine Halsbinde gedeutet und geantwortet: „Das ist mein Beffchen".

„Chaos is dat, Schwienkram, sowat . . . das hat die Welt noch nicht gesehen, Ihr Beffchen! Das zahl'n Sie mir aber extra, hier Grund reinzubringen!"

Dissen hatte alles zugesagt, wenn sie bloß den Mund hielt und endlich anfing aufzuräumen. Nur zu gerne wollte er gehen. Und Emmi Kohfahl hatte gewußt, das würde 'ne angenehme Dauerstellung werden, mit diesem Beffchen hatte sie Dissen am Schlafittchen.

Brav zog er sich jetzt die Schuhe an . . . „ Ziehn sich bloß was über, draußen is orntlich frisch", als das Telefon klingelte.

„Ich bin's, Undine. Verzeihen Sie bitte, daß ich so ungebeten bei Ihnen anrufe, aber ich war so unruhig heute morgen . . . ich hab mir die Nummer von der Auskunft geben lassen, ich mußte Sie einfach sprechen."

Dissen kam der Anruf so unerwartet und so ungelegen in Gegenwart seiner Reinemachefrau, daß er nur unzusammenhängendes Gestammel herausbrachte: „Wie? Ja! Aber gar. . .türlich. . .ist doch selbst. . .freu mich, ich freu mich doch."

Das spitzte Frau Kohfahl ordentlich die Ohren und sie fegte, um kein

Geräusch zu machen, teilnehmend einige Zentimeter über dem Boden herum.

Das einzige Mittel, Dissen zuverlässig aus seinem pastörlichen Habitus herauszubringen, aus dieser Schiefhaltung, die professionelles Geneigtsein dem Körper aufdrängt, das war psychischer Druck, den er nirgendwo in seiner Gestalt mehr unterzubringen wußte.

Wer ihm mit Ansinnen zu dicht auf den Leib rückte, den verstand er hartnäckig miß und verwies mit lebhaften Armbewegungen auf andere und anderes, bis er sich wieder Luft verschafft hatte. Das gelang ihm gegen Männer weit besser als gegenüber Frauen, da mußte er oft seine Hände bei sich zurückhalten und belieb sie zur Sicherheit in der Leibesmitte, gefaltet über dem Bauch. Wer dann noch nicht nachließ und vom eigenen Anliegen so beschäftigt war, daß er auf seinen Gegenüber nicht zu achten vermochte, wer also nicht sah wie Dissens Finger weiß wurden vom steigenden Druck und seine Kinnwinkel eckig, der mochte vom unvermeidlichen Ausbruch überrascht sein.

Was warf sich dieses Weib, das ihm so gleichgültig war wie niemand sonst, vor Neugier schier auf ihn und fegte ihm, um nur ja was mitzubekommen von seinem Gespräch, mechanisch Strümpfe und Schuhe, während Undine, seine Undine, von fernher seine Nähe suchte und dringend Zuwendung brauchte?

Frau Kohfahl sagte später, wo immer sie ihre Geschichte erzählte: „Ick wuß je ni, wo bannig he in de Kniep weer!"

Daß Pastor Dissen irgendwie in de Bedrouille seet, das war allen sonnenklar. Wenn son normal ruhigen Menschen ein' solchen Tobsuchtsanfall bekommt, denn muß er schon schwer in Druck sein. Dissen wurde in Bargenhoop ein interessanter, viel angesehener Mann.

Wie er aber losgebrüllt hatte, nun auf einmal, stierig und unverschämt, nach Jahren der Lammsgeduld! Da war er selbst überrascht und erschrocken und beschämt zugleich von seiner Wut.

Baff und ohne ein Wort war Frau Kohfahl aus dem Zimmer gestürzt; Dissen sah sie noch über den Kirchplatz laufen, wie er sich schwer atmend zu beruhigen suchte, um zu Ende zu telefonieren. Undine hatte, wer weiß wann, den Hörer aufgelegt.

Pastor Dissen hielt es nicht in seinem Haus, er zog sich Weste und Jacke über und ging im Schnellschritt eine Runde über den Friedhof und um seine Kirche herum. Im Garten der Küsterkate hackte Knickrehm das Unkraut auf den Wegen zwischen seinen Beeten.

„Das will ich Ihnen sagen, wenn Sie es in Zukunft noch einmal unterlassen, die Kirche, die sie aufgeschlossen haben, auch wieder abzuschließen, wenn keiner zum Gottesdienst kommt, dann können sie den Kirchenschlüssel abgeben und Ihren Haustürschlüssel gleich dazu. Sie wenigstens will ich regelmäßig erscheinen sehen im Haus des Herrn, das ist ihr Job so gut wie meiner. Haben Sie mich verstanden?!"

Auf der Stelle drehte sich Dissen um und ging, keinen Einwurf zuzulassen, der Knickrehm wohl ohnehin sauer geworden wäre, in strammem Schritt den Feldweg entlang, ohne nach rechts und nach links zu sehen, bis er den Wald erreicht hatte.

Außer Sicht des Dorfes, wurde er bald ruhiger. Einmal war er das schnelle Gehen nicht gewohnt und dann half ihm die körperliche Anstrengung, seinen Kopf zu klären. Nach ein paar Schritten im Wald tat Fürchtegott Dissen etwas, wofür er, der entschiedene Bücherwurm, sonst überhaupt nicht zu haben war. Er spazierte tiefatmend zwischen den Bäumen herum und ging, von einer schweren Last befreit, so für sich hin, ja genau so mußte das gemeint sein.

Dissen dachte nicht angestrengt nach wie gewöhnlich, mit gefurchter Stirn und angespanntem Blick, als ließen Einsichten sich herbeizwingen, wenn man nur den Druck im Körperinneren verstärkte, er war ungezwungen und losgelassen. In dieser ungewohnten Gelassenheit zeigten sich die Gedanken ihm wie Abziehbilder, die bei nach innen gekehrtem Blick, eines nach dem anderen sich ablösten und Platz machten für immer neue Ansichten seiner Person . . . . er war aufgefallen, schön, hatte sich nicht länger hinter dem Pastorengesicht verbergen können, warum sollte er auch, Bedürfnisse hatte er erkennen lassen, wie auch nicht, er hatte die Beherrschung verloren, das war doch schon mal was, man hatte ihn zur Kenntnis genommen, na also, er war nicht länger herumgekommen um sich und seine Bedürfnisse, da siehst du, hatte nicht umhin können um seine Wut. Und das war gut so. Von jetzt an sollte keiner mehr mit ihm umspringen wie mit einem Unmündigen . . . . er mußte nach Hause und Undine anrufen! Außerdem hatte er einen Bärenhunger.

Er geriet aber an den Anrufbeantworter und kam schon wieder ins Stottern; sich einer Bandmaschine zu erklären, um ihren Rückruf zu bitten, so etwas wie eine Entschuldigung in den Raum zu stellen, ohne auch nur jemanden atmen zu hören, das war schlimmer, als in die leere Kirche zu predigen. Allein ihre Stimme hätte ihm wohlgetan.

Er machte sich einen mexikanischen Bohneneintopf 'pikant gewürzt', wie es auf der Dose vorgeschrieben war, im Wasserbad heiß, löffelte den breiigen Inhalt in sich hinein und legte sich, unangenehm satt und schläfrig, für eine kleine Weile, wie er meinte, aufs Ohr.

Kai Pinckepanck weckte ihn erst durch hartnäckiges Klingeln aus einer tiefen Versunkenheit.

„Haben Sie schon mit Ihrer Mutter geredet?"

„Ich dachte, das wollten Sie für mich tun, deswegen war ich doch gekommen."

„Richtig, richtig! So war's, aber Sie wollten in sich gehen und ernsthaft prüfen, ob nicht auch für Sie ein beschauliches Familienleben, mit Weib und Kind in einem schönen Heim, die richtige Lebensform wäre!"

„Wollte ich das? Ich glaube, das käme mir tatsächlich eher wie ein Heim vor als ein Zuhause. Übrigens haben Sie diese Idylle ja nicht einmal sich selber vergönnt. Als gar nicht mehr so junger Junggeselle, sind Sie zum Fürsprecher nicht besonders prädestiniert."

„Ins Schwarze getroffen. Sie werden es mir vielleicht nicht glauben, aber seit kurzem denke ich daran, diesen Zustand zu ändern. Was lange währt, wird endlich gut! Ich weiß sehr wohl, jeder braucht seine Zeit, und ich wollte Sie keineswegs bedrängen. Doch es ist nun mal nicht gut, daß der Mensch allein sei . . auf die Dauer, verstehen Sie, da ist es . . ."

„Es ist auch gar nicht meine Absicht! Aber wir sollten nun langsam gehen, bevor Sie noch an das Kapitel kommen: Seid fruchtbar und mehret euch!"

Damit ging Kai Pinckepanck aus der Tür und ein paar Schritte voraus, um das Thema zu beenden. Dieser Pastor war ja noch versessener darauf ihn zu verkuppeln als seine Mutter. Es sah wieder mal so aus, als wollte überhaupt niemand ihm je richtig zuhören, die alte Geschichte für Kai. Wann immer er versucht hatte, zu irgend jemand vorsichtig über sich zu reden, bekam er zuverlässig dessen privateste Geschichte zu hören. Zum Beichtehören schien er sehr geeignet, aber für keinen anderen war er einer, dem man zuhören sollte.

Dissen beeilte sich ihn einzuholen, verfiel dann aber in einen Schlendergang, als bräuchte er noch gute Weile, sich die rechten Worte zu überlegen, und er wäre wohl gern einen Umweg spaziert. Kai hingegen war die Angelegenheit inzwischen lästig geworden, er rechnete auf keine ernsthafte Hilfe mehr von diesem weltfremden, harthörigen Dorfpastor und wollte die Sache hinter sich bringen. Wo der eine beschleunigte, bremste der andere ab, folgte widerstrebend und zögerlich, während der erste wieder ein paar Schritte vorauseilte, um erneut rückwärtsgewandt zuwarten zu müssen. Wie an einem Gummiband widerstreitender Interessen bewegte sich dieses Tandem die Dorfstraße hinunter.

Da kam es Dissen zupaß, als Lisa Rathjen aus der Tür des Bürgermeisterhauses wie ein kleines Mädchen grad zwischen sie auf die Straße gehüpft kam. Ein wenig verlegen, bei diesem Kinderspiel ertappt worden zu sein, blieb sie stehen und sagte artig guten Tag zum Herrn Pastor, beinah hätte sie einen Knicks gemacht. Über die Schulter sah sie sich nach Kai um. Wie peinlich ihr das kindische Gehopse auch war, die Begegnung kam ihr doch gelegen, mit dem jungen Pinckepanck hatte sie schon lange mal reden wollen. Den hatte es nicht in diesem Kuhdorf gehalten, obwohl seine Mutter, naja, die hätte ihn wohl am liebsten am Küchentisch festgebunden. Aber der setzte sich eben durch, lebt in der Großstadt, macht seine Fotos von allen möglichen Leuten, von durchreisenden Filmstars und Fußballern und Künstlern und so. Der lebt wie er will und läßt sich von keinem was sagen.

„Guten Tag, Fräulein Rathjen", sagte Dissen ein wenig förmlicher als sonst und nahm die leichte Spannung zwischen den jungen Leuten wohl wahr. „Sie kennen sich ja wohl. Wir sind gerade auf dem Weg zum Linden-krug. Wir wollen dort nämlich eine Dichterlesung veranstalten, vorausge-setzt, daß der Gastwirt damit einverstanden ist. Und da ich ihn gar nicht so recht kenne, den Herrn Butenschön, hat sich Herr Pinckepanck freundlicher-weise bereit erklärt, ein gutes Wort für mich einzulegen. Wie finden sie die Idee, eine Lesung zu machen in Bargenhoop?" Lisa Rathjen fand die Idee großartig, endlich wäre mal was los im Dorf und was Kulturelles noch dazu. Und ganz spontan und selbstlos erklärte sie sich bereit, auch mitzukommen zu Butenschön: „ Dann kann er gar nicht nein sagen!"

Dissen nahm an, bevor Kai den Mund aufbekam, und plazierte die junge Frau zwischen sie beide. Flott ging er nun vorwärts und froh gestimmt, die Sache nahm Formen an.

Ewald Butenschön hatte eben seine Gastwirtschaft geöffnet und war da-bei, sich einen starken Kaffee zu brühen, schön ein Lot Kaffee pro Tasse, sechs Tassen die Kanne. Das Kaffeemehl schüttete er in eine Filtertüte, die in einem weißen Porzellanfilter steckte, den er sorgfältig auf seine altmo-disch dicke, weiße Porzellankaffeekanne gestellt hatte. Nach dem ersten Guß aus dem Wasserkessel ließ er das Kaffeemehl aufquellen, daß es den Filter fast ausfüllte und kippte jeweils nach einer gehörigen Wartezeit ko-chendheißes Wasser dazu, bis seine Kanne sich allmählich füllte. Die un-vermeidliche Pause war auf's angenehmste erfüllt von Kaffeeduft und den Nachgedanken zu seiner Nachmittagslektüre.

Anfangs hatte er seinen Gästen auf die gleiche Weise den Kaffee zuberei-tet, bis er ihr Gespött satt hatte; ob er sich denn keine Kaffeemaschine lei-sten könne: 'du büst woll dat letzte Mol bi Uroma in de Köck west', tja - Gastwirte und Technik . . .

Daraufhin hatte er für die Wirtschaft eine Kaffeemaschine angeschafft, die wurde bei der ersten Bestellung des Tages befüllt und eingeschaltet und hielt das Gebräu in der Glaskanne den ganzen Abend heiß. Dieses Verfahren verwandelte den dunkelbraunen Filterkaffee allmählich in schwärzlichen Es-presso mit einem von stundenlanger Mißachtung erbitterten Geschmack. Doch Klagen hörte er keine, sie hatten es nicht anders verdient.

Ewald freuten die Umstände, die seine Art, den Kaffee zu brühen, machte. Er konnte in Kaffeeduft gehüllt abwarten und die Vorstellung genießen, daß es ganz von seiner hingebungsvollen Geduld und Achtsamkeit abhing, wie ihm das Belebungsgetränk gelang. So mußten die Alchimisten in vollendeter Zurückgezogenheit und Stille nach der Essenz geforscht haben, nach dem Innersten der Stoffe . . .

In einer ihm selbst ungewohnten Fröhlichkeit eilte Dissen die drei Stufen hinauf und stieß mit beiden Händen die Flügel der inneren Schwingtür auf. „Guten Tag", sagte er betont und überlaut, als brächte er eine bedeutsame Botschaft in diesen weltabgewandten Raum. Die beiden jungen Leute folgten ihm zögernd nach.

Ewald Butenschön trank in Ruhe seine Tasse leer und sah seine ersten Gäste der Reihe nach an.

„Wie zum Teufel habt ausgerechnet ihr euch zusammengefunden, ihr habt doch nun wirklich nichts mit einander zu tun!"

„Das wird sich weisen, Herr Butenschön, aber darum müßten Sie uns doch nicht gleich mit dem Teufel begrüßen!"

„O, pardon! Ich hätt' auch um Himmels Willen sagen können, das wär aufs Gleiche hinausgekommen. Denn entweder ist der Teufel als eine Art himmlischer Kalfaktor im göttlichen Plan vorgesehen, mein lieber Herr Pastor, ohne den es eigentlich gar nicht geht, oder es gibt ihn nur für die Kirche, als Büttel und Zutreiber, und sie machen auf diese Art gemeinsame Sache mit ihm. Das ist mir übrigens egal. Aber beleidigen wollte ich Sie damit nicht, setzen Sie sich doch erstmal!"

„Wir sind gekommen", sagte Pastor Dissen feierlich, breitete die Arme aus und sah einmal nach rechts und links zu seinen beiden Begleitern, „um Ihnen einen Vorschlag zu machen".

„Was darf's denn sein?" erkundigte sich Butenschön und lud die drei mit einer Handbewegung ein näherzutreten. Kai setzte sich auf einen Barhocker, Lisa nahm entschlossen an seiner Seite Platz, nur Dissen blieb stehen zwischen Theke und Tür und war so immer noch halb auf dem Wege.

„Das duftet so gut, eine Tasse Kaffee!" „Mir auch, bitte."

Ewald holte noch zwei von seinen privaten weißen Porzellantassen und ein Milchkännchen aus der Küche, schenkte Lisa und Kai in Ruhe ein und wartete. Er wollte niemanden nötigen oder bedrängen, außer durch Schweigen natürlich. Dagegen ließ sich nichts einwenden, es sei denn eine eigene erprobte Stille, und wer verfügte darüber schon. Wer mit ihm eine Viertelstunde lang ohne zu drucksen schweigen könnte, würde für Ewald schon dadurch beinah zum Freund werden.

Für einen Pastor, dachte er sich, ist diese Probe bestimmt zu schwer. Die versuchen doch gewöhnlich, ihre Schäfchen durch reden zu lenken. Sie geben unentwegt Antworten auf Fragen, die sich außer ihnen kaum einer stellt, anstatt ihre Gläubiger durch eindringliche Fragen zum Schweigen zu bringen. Das einzige, was in dem ewigen Gedröhn die Leute noch berührt, ist Schweigen. Wo immer etwas von Belang passiert, da geschieht es in aller Stille. Aber was die Kirche davon mal wußte, das hat sie sich ja vor Zeiten bei Strafe verboten. Jetzt steht sie durch eigene Schuld dumm da.

„Wollen Sie nicht doch näher kommen und sich zu uns setzen, Herr Pastor?"

Fürchtegott Dissen mußte nun vortreten wie ein auffällig gewordener Schüler. Also machte er die zwei Schritte vorwärts, stellte sich hinter den Barhocker rechts von Lisa und stützte die verschränkten Hände mit den Handflächen darauf.

„Ich . . . äh . . . wir möchten eine Lesung veranstalten."

„Ist es Ihnen in der Kirche zu einsam geworden?"

„Sie verstehen mich miß, Herr Butenschön, es geht um eine literarische Lesung, keine Bibellesung, also nicht Gottes Wort sondern moderne Literatur, nur Gedichte. Vielleicht könnte man sagen, es handelt sich um experimentelle Lyrik, das ist sicher ein Risiko und doch auch eine Chance. Es sollen Gedichte gelesen werden, wie sie heute so gemacht werden, poetische Versuche von jungen Leuten, wissen Sie, das ist nicht so recht geeignet für die Kirche, nicht in der Kirche zumindestens. Da dachte ich mir, hier bei Ihnen möglicherweise, im Gasthaus wäre der richtige Ort. Sie haben doch einen Saal, wie ich gehört habe. Wäre das nicht eine angemessene Nutzung? Könnte eine derartige Veranstaltung nicht geistige Impulse geben für Bargenhoop, schließlich haben wir doch in gewisser Weise einen kulturellen Auftrag . . .", sagte Dissen und sah, da ihm langsam nichts mehr einfiel, womit er seinen Vorschlag noch hätte untermauern können, von seinen Händen auf und den Gastwirt an.

„Kann losgehen", meinte Ewald, „bei mir kann alles stattfinden außer Bingo und Volkstanz. Wann soll das sein?"

„Auf jeden Fall am Wochenende, das möchte ich mir schließlich auch ansehen!"

„Am besten Sonnabend, wo wir schon keine Disko haben weit und breit, das wär mal'n Treffpunkt!"

„So geschwind wird das leider nicht gehen", meldete sich Dissen zurück aus seiner Sprachlosigkeit. Dieser Butenschön war vielleicht ein Schlitzohr, erst ließ er einen hängen, und dann sagte er umstandslos ja.

„Zunächst müssen wir das mit den Künstlern abstimmen, das will schließlich in angemessener Form koordiniert sein, aber ein Samstag wäre wohl geeignet."

Ja, vielleicht könnte Undine bleiben über Nacht. Daran hatte er noch gar nicht gedacht, Dissen wurde es ganz heiß, und dann könnte sie ihn am Sonntagmorgen im Amt erleben. Er mußte sich ganz sorgfältig eine Predigt erarbeiten. Im Anfang war das Wort, und das Wort war . . . ja, bei Gott, das wäre ein Thema, das wollte gut überlegt sein . . . oder er könnte sie vorweg einladen, sich den Ort selber anzusehen, ganz unverbindlich: ja-ja, übernachten könnte sie bei ihm, in allen Ehren natürlich, im Pfarrhaus wäre Platz genug! Jetzt konnte er anrufen und hatte ihr mehr zu sagen als eine vage Erklärung für seinen Ausbruch am Morgen. Oder nicht doch lieber eine Entschuldigung? Nein, schließlich hatte sie ihn angerufen und sich noch entschuldigt dafür, sie hatte doch ihn unbedingt sprechen wollen heute morgen. . .

„Bevor Sie noch länger überlegen, Herr Pastor, mir ist jeder Sonnabend recht in den nächsten vier Wochen. Aber sagen Sie mir so früh wie möglich Bescheid, wegen dem Einkauf und daß wir es früh genug bekannt machen können."

Dissen erglühte und nickte zum Einverständnis. Es würde klappen, nein, es hatte geklappt, und jetzt mußte er mit Undine telefonieren und alles richtigstellen und das nun aber auch sofort.

„So machen wir es, Herr Butenschön. Entschuldigen Sie mich bitte, ich hab jetzt noch zu tun, es ist dringend, verstehen Sie?"

Lisa kicherte und schlug Kai aufs Knie; wie der Pastor aber auch aus der Tür stürzte.

„Wollt ihr noch'n Kaffee, ihr beiden", bot Ewald an, da war Dissen schon stramm auf dem Heimweg.

„Und einen Kirsch für mich und für Kai auch, oder willst du lieber einen Weinbrand? Das ist 'ne Type unser Pastor, was?"

„Der ist gar nicht so uneben, wie ich dachte. Man fällt doch immer wieder auf seine alten Vorurteile herein, aber er hätte sich auch schon mal früher bei mir sehen lassen können."

Ewald schenkte Kaffee nach und einen Likör und zwei Weinbrand. Kai winkte den Schnaps ab und griff sich seine Tasse.

„Das wird eine ganz interessante Veranstaltung, das glaubt mir mal. Und Du mußt Dir angewöhnen, eine Einladung gleich abzulehnen, wenn sie Dir nicht paßt. Jetzt trink den Weinbrand auch aus."

Kai kippte den Schnaps hinunter, spülte mit dem Kaffee nach, stand auf und wollte zahlen.

„Laß man stecken, Ihr seid eingeladen für den seltenen Vogel, den Ihr mir ins Haus gebracht habt und für seine ausgefallenen Ideen."

„Laß uns ein Stück zusammen gehen", sagte Lisa. Sie hüpfte von ihrem Hocker und nahm ihn bei der Hand, „tschüs, Herr Butenschön, und vielen Dank auch."

Die paar Schritte bis zu Rathjens Haus waren schnell gegangen, viel zu schnell als daß Lisa alles hätte sagen können, was sie   unbedingt loswerden mußte. Sie bestand darauf, ihn bis zum Pinckepanckschen Laden zu bringen und hielt ihn vor der Tür so lange fest, bis sie beide hinreichend zusammen gesehen worden waren. Ja, sie hätte immer schon mal mit ihm reden wollen, richtig in Ruhe. Aber sie hätte sich nie getraut, er wäre ja wohl zu stolz oder vielleicht nicht? Siet he in de Stadt is, kiekt he uns ni mehr an, das habe sie aber nie geglaubt und immer gesagt, daß er wohl bloß zu schüchtern wäre und vielleicht zu bescheiden. Und das wäre doch nun wirklich nichts Schlimmes, viel angenehmer jedenfalls als diese Dorfcasanovas, die immer ranrauschten wie die Mähdrescher, obwohl so ein kleines bißchen zupackend wäre auch wieder nicht schlecht. Aber wozu erzählte sie ihm das alles? Eigentlich wollte sie mit ihm über die Stadt reden und das Leben da. Er hätte es ja geschafft und sie würde lieber heute als morgen hinziehen. Ob sie beide nicht einmal in Ruhe darüber reden könnten, auf einem Spaziergang vielleicht, und zusammen zu dieser Lesung gehen? Sie würde sich jedenfalls sehr freuen, falls sie ihm nicht zu unangenehm wäre natürlich . . .

Da sagte er zu, mit ihr spazierenzugehen, demnächst einmal, schon damit sie seine Hände wieder losließ vor der Ladentür. Außerdem fand er sie ganz nett, sie war immer ein lustiges Kind gewesen und frech. Sie hatte die Sandkiste zur Bühne gemacht, von der die anderen Mädchen sich bald zurückzogen und sich stumm auf das umlaufende Holzbrett setzten. Wenn Lisa darin herumtanzte, mußten alle unwillkürlich zuschauen. Sie war mindestens sechs Jahre jünger.

„Und wann?"

„Ich muß erstmal zurück in die Stadt, aber am Freitagnachmittag komm ich wieder . . . so gegen drei."

Er versprach, sie um vier zu einem Spaziergang abzuholen, da könnte man mal miteinander reden. Er wunderte sich über sich selber; aber warum nicht, sie war ja wirklich ganz nett, außerdem bedeutete das nichts.

Seiner Mutter und Frau Kohfahl aber sehr wohl, die hatten ihr übliches Geschluder abgebrochen, als sich das junge Paar genähert hatte, und sich die Szene vor der Ladentür genau besehn. Diese Kopfhaltung, das Händespiel, dies nach innen gehende Lächeln bei Lisa und gleichzeitig Kais deutliche Verlegenheit. Da bahnte sich was an!

„Gott was'n schönes Paar, dien Kai is aber ok 'n staatschen Kerl worrn."

Und Martha Pinckepanck dachte: hübsche Deern is sie wirklich und Rathjens einziges Kind, ach, ihr wäre es nur recht, wenn sich der Junge zu was entschließen könnte, alt genug ist er doch bei kleinem. Sie hatte ihn schon im Verdacht gehabt, wo er so gar nicht in Gang kam in der Hinsicht. Einerseits war sie ja froh, wenn er nicht so wie sein Vater . . . aber mach sein, der war auch gar nicht so gewesen, und der hatte - kann doch angehn - wirklich nichts geahnt. Wieviele Männer mögen wohl durch die Welt gehen mit dem Gefühl, daß da irgendwo'n Kind von ihnen in der Gegend rumläuft, und sie fragen lieber nicht genauer nach. Sie sollte ganz zufrieden sein, wenn ihr Kai nicht so war: sollst sehn, es läuft sich alles zurecht. Sie gab dem Jungen einen zärtlichen Klaps in den Nacken, als er hereinkam.

„Brauchst nix zu sagen, ich weiß schon Bescheid."

„Ich muß dann auch los, es ist spät geworden. Wollte nur schnell meine Sachen holen, ich hatte Pastor Dissen versprochen, mit ihm zu Butenschön zu gehen."

„Pastor Dissen, jaja, und dabei hast du rein zufällig auch Lisa Rathjen getroffen."

„Sie lief uns über'n Weg und wollte unbedingt mitkommen. Also dann, ich geh gleich hinten raus, tschüs bis Freitag, auf Wiedersehen, Frau Kohfahl."

Kai holte die Tasche aus seinem Zimmer und ging durch den Garten zu seinem Wagen. Seine Mutter hatte ihn so freundlich strahlend angesehen wie lange nicht mehr. Dieser Pastor Dissen mußte doch schon mit ihr geredet haben, man wurde nicht schlau aus dem Kerl, er hätte ja wenigstens eine Andeutung machen können. Aber egal, sie wußte Bescheid, und es machte ihr nichts, oder sie nahm es hin seinetwegen; das hätte er nie und nimmer erwartet. Brauchst nix zu sagen, es war nichts zu erklären! Er fühlte sich leicht wie nach einer langen Wanderung, wenn man den Rucksack abgeworfen hat und tief durchatmet. Eigentlich hätte er ihr längst sagen sollen, daß er von der Fotografie zur Schauspielerei übergewechselt war. Gut, er verdiente ja noch sein Geld mit Pressefotos von langweiligen Leuten auf langweiligen Parties, die sich auf Teufel komm raus für wichtig hielten. Er lichtete sie gnadenlos ab in ihren dürftigsten Posen, alle mit dem gleichen Frohbißgesicht. Immerhin, sie finanzierten ihm die Schauspielschule, sie waren also irgendwie nützlich.

Er wollte sich nicht länger verstecken.

*

„Ach, das hätt' ich doch beinah vergessen, hast du schon gehört, Martha,
dat Henriette Kattenberg wedder na Bargenhoop kümmt?"
„Kattenberg? Kenn ich nich, wer soll das denn sein?"
„Sie is ja auch bloß 'ne verwitwete Kattenberg, von Schuh Kattenberg
aus Hamburg, mein Gott, die Jette, Martha, kannst di ni mehr op Jette
besinn'?"
„Jette Lüders! Die kommt zurück? Das's aber mal schön . . . erzähl Emmi, was hast du denn gehört?"

Und über die Nachricht, daß Jette Lüders, verwitwete Kattenberg, ihr
Schuhgeschäft verkauft haben sollte, um sich die alte Müllerkate am See
zuzulegen - hab ich ganz sicher gehört, de sall tiptop renoveert warrn - über
diese Nachricht war die Neuigkeit von Kai & Lisa schon als gesichertes
Verhältnis in den Bargenhooper Zusammenhang eingegangen.

*

Fürchtegott Dissen hatte angefangen, sich über sich selbst zu ärgern, bevor er noch wieder zu Haus angelangt war. Er hatte sich ins Bockshorn ja-
gen lassen von diesem Kneipier. Der hatte ihm sein Konzept total vermas-
selt mit seiner unwahrscheinlichen Seelenruhe; mit einem großherzigen
Angebot an die Bürger der Gemeinde hatte er kommen wollen, als Bittstel-
ler hatte er dagestanden. Und dieser Mensch hatte ihn hängen und reden lassen, um, als er fertig war, locker daherzusagen: Wann soll das stattfinden?
So ein hinterlistiger Schlaumeier, aber wohl wirklich ein Kopf. Na, er
wußte Bescheid für's nächste Mal. Er würde nicht wieder so kopflos davon-
stürzen. Nicht einmal den Saal hatte er sich angesehen, was sollte er Undine erzählen? Ach, sollte sie doch selbst kommen und die Räumlichkeiten
für die Gruppe in Augenschein nehmen, er hatte seinen Teil getan!
Er warf nur den Mantel ab und ging sofort ans Telefon.
„Ja, bitte . . ."
„Undine, hier ist Fürchtegott, wie gut, Ihre Stimme zu hören. Ich habe

noch heute vormittag versucht, Sie zu erreichen, nach diesem, diesem Auftritt. Aber dann war nur der Anrufbeantworter geschaltet, und ich mußte doch mit Ihnen selbst reden, irgendwie konnte ich nach diesem, diesem Ausbruch nicht einfach auf Band sprechen. Es war alles bloß wegen dieser aufdringlichen Person, der Kohfahl, meiner Putzfrau. Dieses Weib führt sich auf, als wäre sie hier zu Hause. Drängelt sich da um einen rum, um nur ja nichts zu verpassen, kriecht mir auf den Leib gewissermaßen, Undine, sind Sie noch dran?"

„Ja, ja!"

„Ich bin einfach geplatzt, es tut mir ja so leid, was müssen Sie Arme für einen Eindruck haben, ich brülle sonst nie . . ."

„Aber es war enorm laut, ganz erstaunlich laut. Sie haben eine schöne kräftige Stimme, wenn Ihnen was nicht paßt."

„Normalerweise bin ich die Ruhe selbst, so laut kenne ich mich gar nicht. . . aber es ist schön, daß Sie mich angerufen haben, was kann ich denn für Sie tun?"

„Was Sie für mich tun können? Ach, ich habe ein richtig schlechtes Gewissen. Wir haben Sie nicht gut behandelt im Umbruch. Bartram, dieser Knallkopp, hält uns seit Ewigkeiten hin mit vagen Versprechungen, was zu veröffentlichen oder eine Lesung zu veranstalten, aber es passiert nie was. Als Sie reinkamen, hat er Ihnen als erstes eine Runde auf's Auge gedrückt, entschuldigen Sie bitte den Ausdruck, und dann hat er Ihnen die Lesungsidee aufgeschwatzt, verzeihen Sie bitte! Ich habe das mitgemacht und auch noch von meiner Seite aus forciert, obwohl ich dieses unschöne Spiel doch genau registriert habe. Das wollte ich Ihnen heute morgen unbedingt sagen, daß Sie sich keineswegs verpflichtet fühlen müssen, diese Lesung ins Werk zu setzen . . . und daß ich Sie gerne wiedersehen würde."

„Aber das ist doch eine großartige Idee. Ich meine mit der Lesung, das machen wir jetzt. Bartram hin oder her, den brauchen wir nicht dazu, ich hab schon alles geregelt. Den Saal im Lindenkrug können Sie haben, an einem der nächsten vier Sonnabende, Sie müssen nur herauskommen und ihn sich anschauen und für die Gruppe einen Termin abmachen."

„Sie laden mich zu sich ein, ist da nicht . . . ich meine, stör ich Sie nicht in der Arbeit, wenn ich einfach so . . ."

„Aber überhaupt nicht, die Arbeit in der Gemeinde hält sich sehr in Grenzen. Die Leute hier beanspruchen die Kirche nicht besonders, um es mal so zu sagen, und ich lebe ganz allein in diesem großen Pfarrhaus, es ist Platz genug. Sie würden hier niemanden stören, ganz im Gegenteil. Wann wollen Sie kommen?"

„Morgen, gleich nach Mittag?"

„Wunderbar! Ich such eine passende Zugverbindung heraus und ruf Sie nachher noch mal an, ja? Ich hol Sie dann morgen vom Bahnhof ab."

Nun mußte Fürchtegott Dissen schnellstens zu Frau Kohfahl gehen, sich wahrscheinlich auch noch entschuldigen für ihre Frechheiten, und sie bitten, das Haus doch gütigst zu Ende zu putzen und zwar heute noch. Er zog sich den Mantel wieder an und nahm sein Kreuz auf sich.

Kohfahl saß allein in der Stube, als Dissen kam, der, wie üblich in Mittelholstein, durch die unverschlossene Hintertür ins Haus gekommen war. Die Vordertüren waren gewöhnlich verrammelt und verriegelt; wer da klingelte war fremd oder Gerichtsvollzieher, in jedem Falle unwillkommen. Wer aus Bargenhoop und Umgebung war, wer also dazugehörte, der hatte die Bewohner des Hauses nicht durch ungebührliches Klingeln an die Tür zu bemühen.

Pastor Dissen konnte sich schlecht gewöhnen an diese Sitte. Ihm stand leicht der Schweiß auf der Stirn, wenn er so hintenrum ein Haus betrat. Das Gefühl unbefugt zu sein, nicht nur ungebeten sondern ein Eindringling geradezu, der auf die einfache Frage, was er da wolle, keine zusammenhängende Antwort herausgebracht hätte, dieses Gefühl ließ sich wider besseres Wissen nicht beschwichtigen.

Er klopfte gleich von innen an die Hoftür, nachdem er sie wie erwartet unverschlossen gefunden hatte, und danach an die hölzerne Truhe, pochte auf die Fensterbank und an die Küchentür und räusperte sich mehrfach vernehmlich bis er ein kratziges: „Hallo, jemand zu Hause?" herausbrachte. Nur die Kühe im Stall meldeten sich und der Hund sprang bellend von innen gegen das Scheunentor an, was einen Heidenlärm machte. Als sich noch immer niemand rührte, öffnete er zaghaft die Stubentür.

„Man immer rin, wenn't keen Politiker is!" bölkte Kohfahl. „O, goden Dag Herr Paster, wat moken Se blot vör'n Larm." Dann stierte er wieder in seinen Fernseher, nachdem er Dissen mit einer Handbewegung zum Sitzen eingeladen hatte. Fünf Minuten oder war es ein Viertelstunde, wer weiß wie lange, sah sich der Gemeindepfarrer von Bargenhoop, zum ersten Mal zu Besuch bei diesem Gemeindeglied, das Glücksrad an. Er hatte noch zu kämpfen mit dem Schuldgefühl, nun nicht mehr für sein Eindringen sondern für den Aufstand, den er dabei veranstaltet hatte. So allmählich aber wandelte sich sein schlechtes Gewissen in Zorn über die Achtlosigkeit gegenüber seiner Person. Leider wußte er nichts anzufangen mit diesem vorzüglichen Antriebsmittel.

Er saß da wie ein Idiot, reglos, stumm, wie unbeteiligt und sah sich dasitzen wie einen Idioten. Er fing an mit den Hausfrauen und Frührentnern, die an diesem Tag das Rad nicht in Schwung brachten, Lösungswörter zu buchstabieren. N wie Nordpol war auch bei der vierten Nennung im Suchwort immer noch nicht zu finden, Herrgott, was für Trottel lässest Du dahingehen durch Deine schöne, weite Welt.

„Rein unklug", sagte Kohfahl, „so'n dösiges Volk", und schwieg die nächste Glücksradrunde zu Titel oder Redewendung.

Da hatte Dissen aber das Gesuchte schnell gefunden und platzte unvermittelt heraus damit: "Vom Winde verweht! Das ist es: Vom Winde verweht."

Kohfahl stand auf und ging in die Küche, kramte dort herum, klirrte mit Gläsern und brachte zwei Flaschen Bier, die Schnapsbuddel und zwei hochstielige Schnapsgläser zwischen den dicken Fingern mit in die Stube zurück.

„Dat hebbt Se fein mokt!"

Dissen wußte nicht recht, worauf er das Lob beziehen sollte, sagte: „Och, man liest so einiges, da merkt man sich den einen oder anderen Titel ganz automatisch."

„Ik meen dat mit mine Fru, de kunn sick gor ni wedder inkriegen, so is se op Zinne west. Dat de aber ok mol nödig, Herr Paster, so rein Gods Wort mit Donner un Wind von vörn, Prost Herr Paster!"

Pastor Dissen verstand nicht recht. Bloß daß dieser Mensch ihm offensichtlich nicht böse war, das nahm er mit Erleichterung auf.

„Ja, das mit Ihrer Frau . . . wissen Sie, ich bin da vielleicht ein wenig zu . . . zu spontan gewesen und auch wohl entschieden zu laut, aber . . .“

„Dat har ik ni docht, dat Se son düchtigen Prediger sünd, son Talent is för de Kark egentlich to schod. Prost, Herr Paster, nu loten Se sick man ne lang nödigen!“

Kohfahl schenkte, wie sich das für einen aufmerksamen Gastgeber gehört, tüchtig nach und drückte Dissen das Schnapsglas in die Hand, damit sie jedes Mal kräftig anstoßen konnten wie gute alte Freunde. Zwei, drei nahm Dissen noch, halb gutwillig und halb vor Erleichterung, so ungeschoren davon gekommen zu sein. Mit diesem Kohfahl durfte man sich bestimmt nicht anlegen. Die nächsten vier, fünf kippte er nur, weil er doch warten mußte, bis ihm die Kohfahlsche Rede und Antwort stand und die kam und kam nicht.

Emmi Kohfahl hatte ihre Runde gemacht mit den Neuigkeiten über Lüders Jette - Geld hen oder her, wenn du bi lütten olt warst, wart ok Tid för na Huus - und von Kai & Lisa - 'dor hett Martha Glück hat, he is blot schüchtern un nich schwul'.

Die Überraschung des Tages stand ihr aber noch bevor. Anstatt wie gewöhnlich in seinem Fernsehsessel bei laufendem Programm eingeschlafen zu sein, saß ihr Mann mit Pastor Dissen auf dem Sofa und diskutierte. Diese Sitzgruppe war ein so unerwarteter Anblick für Emmi Kohfahl, daß sie in der Tür stehenblieb und mit großen Augen in die Stube sah. Die beiden Männer waren auf dem altersschwachen Sofa, dessen Polsterung unter der Doppelbelastung fast auf den Boden durchhing, in der Mitte mit den Schultern zusammengerutscht. Um aufrecht zu bleiben in dieser ungemütlichen Schräglage, zogen sie eine Schulter hoch und rissen sich kurz vorm Einsinken immer wieder zusammen. Dazwischen sahen sie aus, als steckten sie die Köpfe zusammen, um miteinander zu flüstern. Dabei bölkten sie wie die Ossen, klirrten mit den Schnapsgläser aneinander und gestikulierten mit dem freien Arm über dem Tisch herum.

„Komm rin, Emmi, brukst di ni to geneern, de Herr Paster is ok blots'n

Minsch, ober dat is ok dat Gode an em!"

Fürchtegott Dissen, den die letzte Zeit nur noch ein Thema bewegt hatte: „Kohfahl, ich sach ihr Bescheid, deine Frau, wenn sie kommt, aber genau, aber ganz genau, weisdu . . . weißt Bescheid!"

Dröhnend hatte Kohfahl jedesmal zugestimmt: "Mokst du, Paster, mokst du ganz gewiß!"

Nun bekam er nicht mehr heraus als: "Putzen . . . putzen!" und zur Unterstreichung eine Art Wischbewegung.

„Wenn du em dat Huus ni gau reinmokst, Emmi, denn sall di de Düwel!" Emmi hatte sich aber wieder im Griff. Sie sagte zu für morgen früh, dann wollte sie reinemachen wie früher und kein Wort weiter. „Aber nu bring ik em erst mol na Huus hen, solang he noch op de Been kümmt. Un du geihst ok to Bett, vör di de Kopp to schwor ward!"

Fürchtegott Dissen war schon aufgestanden und machte ein paar wackelige Schritte auf die Tür zu. Emmi Kohfahl nahm ihn beim Arm und dirigierte ihn nach Haus. Zu ihrem Ärger trafen sie leider keinen mehr auf der Straße an, der sie als Hüterin des Hirten gesehen hätte. Zufrieden war sie trotzdem; die alte Arbeit beim Pastor war ihr sicher, der war ihr wieder was schuldig, daß der Döskopp sich aber auch ausgerechnet mit ihrem Alten aufs Saufen einließ. Soviel Dummheit muß bestraft werden, wußte doch jeder im Dorf, daß er sich sein Obstwasser von einem Onkel aus dem Alten Land kommen ließ, schwarz gebrannt und sehr gewöhnungsbedürftig, jedenfalls kein Schluck wie jeder andere. Mein lieber Herr Pastor, das wird'n schöner Vormittag werden, da werd ich zuallererst Staub saugen.

DER BESUCH

Fürchtegott Dissen erinnerte sich an gar nichts. Als das Dröhnen vor der Tür losging, konnte er sich eine ganze Weile nicht einkriegen, die Haare schmerzten am Kissen, wie er sich drehte im Bett, und er erkannte sein Schlafzimmer erst nach mehrmaligem Hinsehen. Emmi Kohfahl, so recht in Schwung, bollerte mit dem Hölleninstrument gegen die Tür, riß sie dann kurzentschlossen auf und schrie ausgemacht lustig über das Dröhnen des Saugstaubers hinweg: 'he leewt ja noch', um die Tür mít kräftigem Schwung wieder zuzuwerfen.

Er lebte noch, aber wie! Daß einem so elend sein konnte. Mit geschlossenen Augen tastete er sich ins Bad; er mochte nichts sehen, zumal sich selber nicht, legte sich in die Wanne, so im Unterzeug wie er sich ins Bett gepackt hatte, und ließ das langsam warm werdende Wasser über sich hin laufen.

Frau Kohfahl kam nach einiger Zeit, als sich so gar nichts rühren wollte, bloß das Wasser lief und lief, mit einem großen Becher Kaffee ins Bad. Das schickte sich ja nun ganz und gar nicht, aber sie machte sich wirklich Sorgen, so wie der ausgesehen hatte, mehr grün als grau, fast wie kein Mensch mehr. Sie stellte mit abgewendetem Gesicht den Becher auf den Wannenrand und sah aus den Augenwinkeln so eben, daß er die Brause in der Hand hielt und den Wasserstrahl über dem Gesicht kreisen ließ. So oft sie später auch erzählte, wie der arme Herr Paster ausgesehen hatte, die Szene im Badezimmer erwähnte sie nie.

Dissen hatte sie wohl reinkommen hören, doch es war ihm vollkommen gleichgültig. Er trank den bitteren, heißen Kaffee, stand dann mühsam auf, zog die Unterwäsche aus, die ihm auf der Haut klebte, rieb sich mit Duschgel ein und spülte sich ab. Den Bademantel zog er über, ohne sich vorher abzutrocknen, und ging wieder ins Bett.

Als Frau Kohfahl hereinkam mit einem Teller, war er schon wieder eingeschlafen. Sie stellte das Butterbrot, ein Glas Wasser und die Brausetabletten auf den Nachttisch und ging auf Zehenspitzen aus dem Zimmer.

Gegen Mittag, nachdem er lange in einer dösigen Stimmung gelegen hatte, halb wach und halb weg, und wegen der Kopfschmerzen, die er im Hinterkopf rumoren spürte, lieber gar nicht wach werden wollte, berappelte er sich schließlich. Er schwenkte die Beine über die Bettkante und saß einen Moment, den Kopf in den Händen da, bis sich sein Innenleben beruhigt hatte. Er entdeckte das Brot, das Wasserglas und die Brausetabletten, wie er sich umsah; sie war doch 'ne gute, mitleidige Seele. Mit langen Zähnen kaute er auf dem Brotkanten herum, schön ruhig und gleichmäßig kauen Fürchtegott, dein Magen braucht das jetzt, und betrachtete die Tablette, wie sie sich langsam sprudelnd im Wasser auflöste. Das würde sein Leiden hoffentlich genauso tun.

Er verfluchte Kohfahl und seinen Obstbrand und da ein Pastor, als Vorbild und guter Christ ja gar nicht fluchen soll, machte er das gleich laut und richtig und nicht nur im stillen. Mein Gott, was für eine Stimme, ein Rabenkrächzen brachte er heraus und sein Hals fühlte sich an wie Sandpapier. Das einzig Gute war, es war kein Sonntag, sie sollten ihn heute nicht zu sehen kriegen. Er trank das scheußliche Brausezeug und ging in die Küche Kaffee kochen, eine Flasche Mineralwasser trinken, saure Gurken essen und trocken Brot dazu. Am offenen Fenster zum Garten in kühler, frischer Luft, kam er allmählich zu sich und kehrte unter die Lebendigen zurück. Die Kirchturmuhr schlug zwölfmal.

Da fiel es ihm ein. In etwas über einer Stunde, das hatte er gestern versprochen, wollte er am Bahnhof sein und Undine abholen. In diesem Zustand! Ihr abzusagen, dazu war es sicher zu spät, sie war bestimmt schon unterwegs. Er zog sich mit immer noch zittrigen Händen frische Wäsche an, ein weißes Hemd und einen Anzug, entschied sich dann aber für etwas Legeres, Cordhose und Carohemd. Zum Anzug gehörte nun mal ein Schlips, und der wäre ihm an diesem Tag bekommen wie eine Schlinge um den Hals. Dann entschloß er sich, noch einmal zu duschen, putzte sich die Zähne erneut und gurgelte ausgiebig. Einen Apfel nahm er mit für unterwegs, er hatte einmal gelesen, daß nichts für den guten Atem besser sei, als einen Apfel zu essen.

Der Pfarrer Fürchtegott Dissen war auch ein gottesfürchtiger Autofahrer, er fuhr für gewöhnlich ausgesprochen gesetzestreu. An diesem Tag aber gab er sich derartige Mühe nicht aufzufallen, daß jeder Verkehrspolizist ihn unweigerlich herausgewinkt hätte, wenn denn einer dagewesen wäre auf seiner Strecke. Er hatte Glück und kam bloß naßgeschwitzt am Bahnhof an. Der Zug hatte Verspätung, wie so oft in letzter Zeit. Pünktlich wie die Eisenbahn, hatte sein Vater früher gesagt - als Ermahnung an ihn, nicht zu spät zu kommen - ein Witz war das inzwischen. So hatte er immerhin die Ruhe, auf dem Bahnsteig auf und ab gehend, sich trocken zu laufen. Hätte er nicht einen Strauß Blumen besorgen sollen zur Begrüßung? Nein, sie kam ja zu ihm. Aber Blumen ins Zimmer stellen, das ja! Gut daß Frau Kohfahl doch noch gekommen war, womöglich hätte er immer noch geschlafen. Das sollte ihm nie, nie wieder passieren, diese Suffköppe im Dorf und seine eigene Blödheit und das als Gemeindepfarrer und vor diesem Tag.

Über Lautsprecher wurde der Zug angekündigt. Er ging schnell den Bahnsteig hinunter bis ans hintere Ende. Ihm war eingefallen, daß dieser Zug aus Altona kam und nicht direkt vom Hamburger Hauptbahnhof. Altona war ein Sackbahnhof, also wird sie wohl hinten eingestiegen sein. Undine war jedoch, da sie auf keinen Fall den Zug verpassen wollte, viel zu früh am Bahnhof erschienen. Sie war das Gleis entlang aus der Halle hinausspaziert, dort standen weniger Leute herum; sie durfte davon ausgehen, auf jeden Fall einen Platz zu finden im Zug und konnte in der Sonne warten.

Kreischend hielt die Bahn an, die wenigen Fahrgäste stiegen aus und beeilten sich fortzukommen wie gewöhnlich. Undine und Fürchtegott gingen einen langen Weg auf einander zu. Sie liefen länger als sich lächeln läßt. Fürchtegott hob die Arme zu früh zum Willkommen und sah aus wie einer, der mit Anlauf nach einer Schubkarre greift. Wie mühsam es war, Fuß vor Fuß zu setzen und nicht zu stolpern. Als sie sich endlich erreichten, griffen sie einer nach dem anderen wie nach dem letztmöglichen Halt. Ihre Reisetasche, die sie sich am Riemen über die Schulter gehängt hatte, traf ihn zur Umarmung ins Kreuz und gab ihm einen Schwung, den er sich von allein nicht getraut hätte. Telefonisch waren sie einander näher gewesen als jetzt, so dicht zusammen, so nah.

Sorgfältig gaben sie sich Küßchen auf die Wangen und während er sich erkundigte, wie die Fahrt gewesen war, griff er nach ihrer Tasche und bot ihr den Arm.

„Gut", sagte sie," sehr angenehm."

Bis zum Auto gingen sie schweigend. Er schloß auf, öffnete die Heck-
klappe und stellte ihre Reisetasche hinein.

„Möchten Sie so freundlich sein und fahren?"

Sie war überrascht und nahm es als Vertrauensbeweis.

„Wenn Sie mir sagen, wo es langgeht."

Er setzte sich, während sie das Auto startete, auf dem Beifahrersitz zurecht, fingerte ungewohnt nach dem Sicherheitsgurt auf der falschen Seite
und sagte weiter nichts als: "jetzt erst einmal rechts und dann immer geradeaus".

Still fuhr Undine die Straße entlang durch die Felder und dachte daran,
daß es auch schön sein könne, miteinander zu schweigen. Da faßte er ihre
Hand am Lenkrad und fragte, ob sie schon zu Mittag gegessen hätte. Sie
hatte nicht, hatte erst spät gefrühstückt wie er. So dirigierte er sie von der
Landstraße ab zu einem Dorfgasthof.

„Speisekarte haben wir keine, Herrschaften, bei mir gibt es jeden Tag nur
ein Gericht, Stammessen. Ich will Ihnen was sagen, die Speisekarten in
den Wirtschaften der Umgebung, die können Sie sowieso alle vergessen.
Was da draufsteht, will ich Ihnen und mir nicht antun. Überall das gleiche
altpappenpanierte, tiefgefrorene Schnitzel, in der Mikrowelle aufgetaut und
mit Maggisoße und Dosenpilzen als Jägerschnitzel serviert oder mit Toma-
tenpaprikasoße aus dem Glas als Zigeunerschnitzel, geh mir bloß los . . .
Currywürste und vergreiste Brathähnchen, die nur noch unter Protest auf der
Seite liegen können, und diesen ekligen Kartoffelsalat aus dem Plastikei-
mer, ist auch alles gestrichen. Wenn Sie so was wollen, da müßten Sie
sich schon in den Imbiß bemüh'n, nach Wischkrog oder Hogenbüttel. Hier
bei mir kommt immer nur ein Gericht auf den Tisch und das jeden Tag
frisch gekocht! Und weil heute Seemannssonntag ist gibt es Schweinebraten mit Rotkohl und Salzkartoffeln, rote Grütze zum Nachtisch. Ich war
nämlich Schiffskoch, müssen Sie wissen, bevor meine Frau mich überredet
hat, an Land zu bleiben. Ist Ihnen das nun recht oder nicht?"

Sie nickten und Undine fragte schüchtern, ob sie ein Glas Wein dazu haben könne.

„Wein oder richtigen Wein? Ich hab so den üblichen, einen vom Typ *allerlieblichstes Moseltröpfchen* aus dem Baumarkt. Wenn überhaupt mal Wein, dann wird gewöhnlich sowas getrunken. Ich könnte Ihnen aber auch einen schönen trockenen Rotwein von der Ahr aus meinem Keller holen. Einen von meinem! Wir machen nämlich immer nur kurz Urlaub, meine Frau und ich, so anderthalb Wochen im Herbst zur Weinlese, in verschiedene Weinbaugebiete, und im letzten Jahr waren wir an der Ahr, ich kann Ihnen sagen...!"

Undine nickte und der Wirt ging hocherfreut in seinen Keller. Fürchtegott stützte den Kopf in die Hände, setzte die Ellenbogen auf den Tisch. Er wußte nicht, ob er etwas würde essen können, er fühlte sich so elend wie beim Aufwachen. Es ging ihm nicht gut, und es würde nicht gut ausgehen, er hatte es sich selber verscherzt. Der Wirt kam, entkorkte die Flasche, schenkte Undine und sich selbst ein Schlückchen ein, vor Dissen stellte er lediglich ein Glas. Sie betrachteten sich die Farbe, schnüffelten am Glas und kosteten. Undine wiegte den Kopf, sagte: köstlich und der Gastwirt füllte den Schoppen. Fürchtegott hielt immer noch sein Gesicht in den Händen.

„Was ist?"

Da erzählte er ihr die Geschichte vom Abend vorher und sie lachte, sie hatte sich gewundert, warum er so grau aussah. Fast hatte sie befürchten müssen, daß er nichts mehr von ihr wissen wollte, daß seine Einladung ihm nicht mehr recht war, daß er sie fortwünschte, schweigsam und verbissen, kaum daß sie angekommen war.

„Sie müssen etwas trinken, bloß keinen Wein, am besten Wasser oder ein Bier. Und dann müssen Sie sich überwinden und etwas essen, vorher wird's nicht besser werden. Nach dem Essen legen Sie sich ein bißchen hin und zum Kaffee geht's Ihnen wieder gut."

Der Wirt schwor, ein Bierchen oder zwei und sein gut gewürztes, kräftiges Essen würden ihn unbedingt wieder auf die Beine bringen. Fürchtegott Dissen wollte es nur zu gern glauben, und da er sich nach seinem Geständnis schon wesentlich erleichtert fühlte, griff er auch zu, als die Platten kamen. Der Schweinebraten war wirklich gut, fest und kross, nicht weich und wabbelig, wie er befürchtet hatte. Nur der blaßlila Rotkohl war wie üblich zu lang gekocht und schon leicht breiig. Er trank mit Genuß noch ein zweites Glas Bier und Undine einen weiteren Schoppen. Er spürte wie sein Gesicht wieder Farbe annahm. Als sie gehen wollten, drängte der Wirt ihnen die restliche Flasche Rotwein auf.

„Wo er Ihnen so gut geschmeckt hat, was soll ich ihn hier stehen lassen, machen Sie mir die Freude und nehmen Sie ihn mit zum Einkaufspreis! Nichts zu danken, und kommen sie bald mal wieder, morgen gibt's frischen Fisch wie jeden Freitag."

Er setzte sich diesmal ans Steuer und wäre jetzt keinem Polizisten mehr aufgefallen, so ungewohnt schwungvoll wie er fuhr.

Undine bestand darauf, daß er sich auch wirklich hinlegte, wenigstens ein Viertelstündchen:

„Ich habe sonst ein schlechtes Gewissen, Sie in Anspruch zu nehmen. Ich setz mich, wenn ich darf, gern solange an Ihren Schreibtisch."

Nach rund einer Stunde wachte er auf, sie hatte Kaffee gekocht und wartete mit einem Lächeln auf ihn. Von da an war es leicht für Fürchtegott. Zu seiner Überraschung strengte ihr Besuch ihn nicht an wie Besuche gewöhnlich, er ging ungewohnt leicht durch den Nachmittag. Beim Rundgang über den Friedhof zeigte er ihr seine Backsteinkirche mit dem darangemauerten Turm. Sie besah sich das Gebäude aus allen Richtungen, die sonnenwarme Breitseite nach Süden, die schattenkühle Totenseite nach Norden. Hineingehen in die angesammelte Stille wollte sie nicht, nicht bei dem schönen Wetter - bei anderem Licht, in einer anderen Stimmung, ja. Sie umkreisten das Dorf auf einem langen Spaziergang durch die Felder. Alles, was er sich ausgedacht hatte, worüber mit ihr zu reden sein würde, ernsthaft und angemessen, das war ihm aus dem Kopf gekommen - sie wollte nicht unterhalten sein. Stattdessen gingen sie miteinander. Warm war es und angenehm zu laufen, die Luft wie zum Trinken und nichts stand an, das unbedingt hätte getan werden müssen.

Natürlich wurden sie gesehen bei ihrer Dorfumrundung. Hinni Knickrehm zog sich staunend in seine Laube zurück, wie die beiden fingerzeigend

61

über den Kirchhof gingen und wohl die Turmdohlen zählten, schöne Frau, die er da hat. Und Emmi Kohfahl hängte ihre Wäsche unordentlicher auf als sonst, so oft mußte sie hinterhersehn. Gott, son rod gew dat doch gor ni, die war'n gefärbt, die Haare, das stand mal fest. Aber meine Herren! Gut sah die aus! Wo er die wohl her hat, kein Wunder, daß er so nervös war. Sie besprach das umgehend mit Martha Pinckepanck. Und Jonny Schippmann, der hereingekommen war, um Dosenfutter zu kaufen für seinen Hund, wurde ausgiebig befragt nach ihrer Erscheinung. Er hatte nicht so genau hingesehen, als sie um den Mühlenteich gegangen waren, wo er beim Angeln saß, wie immer. Schön für den Pastor, wenn er 'ne Frau gefunden hatte, was ging das ihn an. Der Pastor war auch nur'n Mensch und noch'n ziemlich junger. Sie sollten sich um ihre Sachen kümmern und ihm endlich das Hundefutter geben, damit er weiterkam.

Da stellte Martha ihm eine Dose Katzenfutter auf den Ladentisch und behauptete, Hundefutter wäre alle, und es wäre sowieso überall dasselbe Abfallzeugs drin.

Und ob sein Hasso das auch fressen würde! „Kann er vielleicht lesen, Dein Hund, na da siehst Du, dann wird er's wohl fressen, oder willst du ihm extra vorlesen, daß das Katzenfutter ist?"

DER KÄPPN

Jonny Schippmann hatte die Dose genommen und war gegangen. Am Abend sah er seinem Hund länger beim Fressen zu als sonst. Hasso war ein vernünftiger Hund, er fraß wie immer und kümmerte sich nicht um Werbeaufdrucke und Weiberquatsch. Er konnte zufrieden in den Lindenkrug zu Ewald gehen, wie so ziemlich jeden Donnerstag, seit er nicht mehr zur See ging, seit nunmehr sechs Jahren. Der Stammtisch mit Kartenspiel teilte ihm die Woche so gut ein, wie dem Pastor seine Predigt alle Tage vom Sonntag unterschied.

Jonny, auch kurz Schippmann oder der Käppn genannt, obwohl er es nie zum Kapitän oder auch nur zum Steuermann gebracht hatte, hielt sein Haus und den Garten leidlich in Schuß. Wenn er das erledigt hatte, ging er angeln. Er war von Hogenbüttel gebürtig, so drückte er sich aus, wenn man ihn danach fragte, und redete langsam und nuschelte noch dazu in der Hoffnung, daß man die Fragerei bald satt bekäme. Er wurde nicht gern gefragt, schon gar nicht nach Dingen, die nur ihn etwas angingen. Er redete nämlich vorzugsweise längere Zeit nicht sondern sinnierte still für sich über Reisen, die er gemacht hatte, und fremde Länder und Leute. Und er bog in der Erinnerung manches, das ihm nicht gerade genug gewesen war, im Nachhinein ein bißchen zurecht. Damit hatte er gut zu tun. Er war ein stiller Weltverbesserer und dazu bleibt man am besten unbefragt allein.

Als seine aktive Fahrenszeit zu Ende ging, war er ganz selbstverständlich wieder da gelandet, wo er herstammte, in Hogenbüttel. Er hatte sich ein Zimmer genommen, von seiner Familie lebte keiner mehr, und sich ein wenig in der alten Heimat umgetan. Es wäre ihm nie eingefallen, sich in Hamburg oder Bremen niederzulassen, wo er mit einem täglichen Gang zum Hafen seinen Kontakt zur christlichen Seefahrt hätte aufrechterhalten können, wie das manch alter Seemann tat. Er wußte, daß man so nur seinen Verfall lebt, daß einem die Jungen wie ihre Schiffe immer fremder werden und man sich schließlich selbst. Er hatte genug alte Fahrensleute erlebt, die ihn in Hafenkneipen angeschnackt hatten und einen ausgeben wollten, damit er ihnen ihre Geschichten abhörte. Wenn man mal endgültig abmusterte, dann mußte man auch weg von der Seefahrt; und die Häfen Hamburg und Bremen waren ihm so fremd gewesen und geblieben wie alle anderen auch. Er war immer bloß auf dem Schiff zu Hause gewesen, und wenn er an ein Stück Land gedacht hatte, dann an das Land seiner Kindertage. Das fehlte ihm schon, das fehlt ja wohl allen, aber das gibt's nicht zurück.

Das Städtchen Hogenbüttel war er bald leid. Die alten Freunde, die am Platz geblieben waren, als er abgehauen war damals, noch ein junger Kerl, der nix wollte als weg, sie hatten andere Leben geführt als er. Für sie war alles beim alten geblieben und damit auf dem rechten Platz. Als er ihnen vorhielt, bloß sie wären beim alten geblieben, alles andere in der Welt hätte sich geändert, sie nähmen es einfach nicht zur Kenntnis, da kam er bei ihnen nicht weit.

Bruno, der Grünhöker, mit dem er in eine Klasse gegangen war, erklärte ihm schließlich, er hätte vielleicht fast die ganze Welt gesehen und im Norden und Süden den Eisrand, aber wie in Hogenbüttel der Hase läuft, „dat hett he jümmers noch ni kapiert, dor kümmt dat hier aber opp an!"

Es wurde ihm bald zu eng hier. Zu viele Leute, die ständig gegrüßt sein wollten und tagein, tagaus dasselbe Zeugs redeten. Da wollte er nicht bleiben und unschlüssig, wo es hingehen sollte, und weil er in seinem angemieteten Zimmer nicht gut nachdenken konnte, wanderte er durch die Gegend und klapperte die Dörfer ab, in denen er als Kind gewesen war. An einem ruhigen, schönen Oktobertag war er nach Bargenhoop gekommen, war oben aus dem Wald herausgetreten, wo sie mal Räuber und Schandarm gespielt hatten, hatte sich auf eine Bank unter die Buchen gesetzt und sich die Gegend besehen. Was ihm gleich gefiel, war die Stille und die Reglosigkeit; während einer guten halben Stunde hatte sich nichts bewegt unten im Dorf. Übermäßig hektisch schienen die Leute nicht zu sein, das machte sie ihm sympathisch.

Eine Runde durch das Dorf bestätigte seinen Eindruck; Bargenhoop war so abgelegen, wie ein Dorf in einem dicht bevölkerten Land nur sein kann. Und die drei Dinge, die ein gewachsenes Dorf von einer hingeklotzten Ansiedlung unterscheiden, die fanden sich auch: eine Kirche mit einem Friedhof drumrum, auf dem gut zu liegen wäre, was ihm die jungen Leute hätten bestätigen können, ein Laden und eine Wirtschaft. Dort kehrte er spätnachmittags ein.

„Fremd?"

„Wie man's nimmt."

„Auch ein Bier?"

„Ja . . . vor gut vierzig Jahren, bald fünfzig, war ich öfter hier. Seitdem nicht mehr."

„Also fremd. Es ist erstaunlich, wie sich eine Gegend ändern kann, auch wenn alles noch so aussieht wie früher."

„Man behält bloß immer die Ansicht von den Dingen. Und die ändert man dann nach und nach auch noch und merkt es gar nicht."

„Das Ding an sich", da stellte Ewald ihm das Bier hin, „das sieht man an und für sich gar nicht, bloß das, was man davon so an sich nimmt . . ."

„Alles Ansichtssache!"

„Genau, aber so kurz gesagt versteht es nicht jeder."

„Ja. Es ist doch so . . . ich hab von meinen Reisen Ansichtskarten gesammelt, einen ganzen Koffer voll im Laufe der Zeit, als Andenken. Jetzt, wo ich sie mir noch mal angesehen habe, weiß ich gar nicht, wo das jeweils war. Es steht zwar meist drauf, aber das sagt mir nichts mehr."

„Wir haben auch Ansichtskarten von Bargenhoop. Ich hab noch keine verkauft."

„Wer will sich seine Ansichten versauen!"

„Man könnte sie immerhin verschicken."

„Wozu?"

„Ich hab mal eine Ansichtskarte vom Kölner Dom bekommen. Da war der ganz drauf. Können Sie sich das vorstellen?"

„Nee. Was war drauf zu sehn?"

„Ne Kirche mit viel Feinarbeit dran."

„Der ist ja nie fertig geworden. Die bauen seit Jahrhunderten dran herum."

„Und das wird auch so bleiben, bis er zusammenfällt. In der Bilderbibel

65

von meiner Großmutter war der Turmbau zu Babel abgebildet. Der bestand aus lauter Bogen und ein Weg ging schräg aufwärts um diesen runden Turm herum, wie die Murmelspur um den Sandberg, den ich in der Sandkiste hatte. Nur die ging abwärts. So stell ich mir seitdem die schiefe Bahn vor, verstehen Sie?"

„Schräg und gewunden und es spielt keine Rolle, ob es aufwärts oder abwärts geht, es führt ja doch nirgendwo hin. - Glauben Sie, daß es den Turm von Babel je gegeben hat?"

„Na überall! Es fällt bloß nicht so auf, sie sind immer noch beim Fundament und ändern ständig daran herum."

„Ansichtssache, was?"

„Ja, genau!"

Jonny Schippmann war im Lindenkrug geblieben, bis Ewald Feierabend machte, dann hatte er sich aus Hogenbüttel eine Taxe bestellt und nach Haus fahren lassen, selig und duhn.

Am nächsten Tag suchte sich der Käppn ein gebrauchtes Auto. Es gab zu seiner Verblüffung allein in Hogenbüttel vier Autohändler, die lief er nacheinander an. Er hatte keine besonderen Ansprüche, was Autos anging, er hätte gar nicht sagen können, was jeder kleine Junge weiß, welches Auto was taugt und was für eins besser ist als die anderen und welches von allen am besten. Er wußte wieviel PS ein Schiffsdiesel hat für ein durchschnittliches Containerschiff, aber ein Auto? Ein Diesel käme ihm zupaß, damit würde er wohl zurechtkommen, möglichst günstig im Verbrauch, noch nicht zu alt und mit einer großen Klappe. Am besten ein Kombi, daß er sich alles ranschaffen konnte, was er brauchen würde. Er fand auch, was er suchte. Der Händler wollte den Wagen für ihn anmelden und gab ihm, weil das am selben Tag nicht mehr klappen würde, einen Leihwagen. Damit fuhr er direkt nach Bargenhoop. Martha Pinckepanck war eben dabei, ihren Laden für die Mittagspause zu schliessen, als Jonny Schippmann bei ihr ankam. Er wollte nicht einfach so für eine Auskunft in ihren Laden kommen und kaufte ein Einwegfeuerzeug.

„Ob es eine Wohnung zu mieten gibt oder ein kleines Haus? Ja, das könnte wohl sein. Der Jan Borstelmann, der ist ja nun ausgezogen zu Hause, der ist nach Kiel gegangen, wissen Sie. Na bei den Eltern, kann man auch verstehen, ob die das vermieten? Fragen kann man ja mal, ist mit separatem Eingang. Und ein Haus? Zu mieten nein, aber zu verkaufen wäre wohl die Kate vom alten Leverenz, die steht schon lange leer. Da gehn Sie am besten zu Rathjen, der weiß Bescheid."

Sie beschrieb ihm noch den Weg zum Bürgermeister und zu Bauer Borstelmann, da hatte Jonny schon beschlossen, nichts zu mieten, nicht bei diesen Borstelmanns oder sonstwo, sondern etwas zu kaufen. Er wollte sich für den Rest seines Lebens nicht mehr mit irgendwelchen Herrschaften herumärgern; wundern mußte er sich bloß, wieso ihm das nicht schon früher eingefallen war. Es war doch Geld auf der Bank, er hatte immer für später zurückgelegt, ohne zu wissen für was. Verheiratet gewesen war er nie, ein kleines Erbe hatte er dazugetan und das ganze langfristig angelegt. Autos hatte er keine gebraucht und auf Kleidung keinen Wert gelegt, für wen auch und dann auf See? Nur in den Häfen, da hatte er nicht auf die Mark und den Dollar geschaut und die Puppen tanzen lassen, als er jünger gewesen war jedenfalls, und später waren auch die Liegezeiten immer kürzer geworden. Also Geld war genug, aber an ein Haus für sich hatte er nie gedacht. Für eine kleine Kate müßte es doch langen, er brauchte ja nicht viel Platz. Das könnte er sich in aller Gemütsruhe herrichten, Zeit hatte er mehr als genug, ihm war sowieso schon langweilig, und ungeschickt war er ja nicht. Er malte sich das schön aus, wieso war ihm das nicht schon längst eingefallen, als er darüber nachgedacht hatte, was er mit dem Rest seines Lebens anfangen wollte. Sah beinah so aus, als gönnte er sich selbst nichts, nur weil er nicht viel brauchte.

Rathjens waren beim Mittagessen als Schippmann klingelte, und der Bürgermeister war nicht geneigt, sich durch lange Reden vom Essen abhalten zu lassen. Auf das: entschuldigen Sie bitte, konnte ja nicht wissen, hab bloß gehört von der Kate und daß sie vielleicht zu kaufen . . . ich bin lange zur See, müssen Sie wissen, ich such nämlich gerade . . . da sah er ihn gründlich an und drückte ihm einen Schlüssel in die Hand. „Da runter bis zum Mühlenteich und dann links den Weg rein, das letzte Haus, sie können es sich in aller Ruhe ansehen, Sie haben viel Zeit. Dann kommen Sie wieder und geben mir den Schlüssel zurück, aber nicht vor halb drei!" Damit machte er die Tür wieder zu und aß zu Ende.

Einigermaßen aufgeregt ging Jonny Schippmann zum Mühlenteich hinunter und den Weg daran entlang. Ein Haus am See, na, an einem Teich, das konnte ihm schon gefallen. Die erste Kate, gleich linker Hand, nur durch den Weg vom Wasser getrennt, lachte ihn geradezu an, aber die war bewohnt, mit ihren hübschen Fensterläden und Blumenkästen mit Geranien. Dann endete der Weg in einem verwilderten Obstgarten, zwei rostige Torflügel lagen im Gras. Hinter alten Apfel- und Birnbäumen stand sein Häuschen aus rotem Backstein. Die Fenster würde er erneuern müssen, das sah er so. Die schöne alte Eingangstür bräuchte bloß frische Farbe, wie einiges andere auch. Das Haus roch feucht und muffig, als er die Tür aufsperrte. An einer Außenwand hatte sich die Tapete gelöst, es mußte monatelang nicht gelüftet worden sein. Er ging durch Küche, kleines Bad, geräumige Stube und ein kleines Zimmer, das noch dahinter lag, das ehemalige Schlafzimmer; das Kopfende der Ehebetten zeichnete sich noch auf der Tapete ab. In jedem Raum war ein Kachelofen, außer im Bad natürlich. Er müßte erstmal das Haus wieder trockenheizen wie einen Neubau, alles tapezieren und anpönen. Die alten Dielen sollten sich gut noch einmal abschleifen lassen. Viel Arbeit, aber es wäre zu schaffen.

Am Rande des Grundstücks, wo der Überlauf des Mühlenteiches in die Wiesen floß, stand noch ein Schuppen. Er suchte einen passenden Schlüssel für das klobige Vorhängeschloss an dem Schlüsselbund, den er von Rathjen bekommen hatte, und sperrte auf. Drinnen lagen Angeln und Netze, eine Reuse und ein Kahn kieloben auf zwei Böcken. Die Planken waren völlig ausgetrocknet und geschrumpft. Im Bug hatte irgend jemand eine Reihe Löcher links und rechts durch die Planken gebohrt. Er bückte sich und sah zu seiner Zufriedenheit, daß an dieser Stelle ein Fischkasten eingebaut war. Wenn man den Kahn nur gründlich wässert und dann fachmännisch neu kalfatert, dann müßte er gut wieder zu brauchen sein. Hier im Schuppen war längst entschieden, daß er Haus und Grundstück kaufen würde; für wen sonst sollte das wohl genau das Richtige sein?

Um nicht zu früh beim Bürgermeister zu erscheinen, ging er einmal um den Mühlenteich herum, er wollte den Mann auf keinen Fall verärgern. Bis gestern hatte er nie im Leben an Haus und Hof gedacht, jetzt wollte er diesen Grund und Boden nicht wieder verlieren.

Rathjen hatte ihn schon im Visier, wie er so gedankenschwer den Weg heraufkam. Dat lütte Huus war ihm ein Ärgernis gewesen, seit es leerstand. Nach dem Tod des alten Leverenz, der es schon ziemlich hatte herunterkommen lassen, war der Kotten an Nichten und Neffen gegangen, die keiner in Bargenhoop je gesehen hatte. Die stritten sich um's zugefallene Erbe, ob es nun ein Ferienhaus werden sollte oder nicht lieber gleich verkauft und, falls man es behielte, ob etwas Geld hineingesteckt werden sollte und wenn ja, wieviel und vor allen Dingen von wem! Und sie zerstritten sich so gründlich, daß sie nie wieder miteinander reden wollten. Also stand das Haus seit zwei Jahren ausgeräumt da, blieb so leer, wie es war, und drohte allmählich zu zerfallen. Von den Bargenhoopern hatte es keiner haben wollen; denn oln Kassen, wi sünd doch ni mall, und so hatte der Bürgermeister nicht viel daran ändern können, daß sich seitens der Besitzer nichts tat. Aber jetzt, ein Interessent für das Objekt, ein'n patenten Kerl vielleicht noch, da ließe sich was ändern.

„Na, hat es ihnen gefallen? Ne schönere Lage finden Sie in halb Holstein nicht wieder!"

„Feuchtere Wände auch nicht so bald. Wer das übernehmen will, der muß aufpassen, daß er sich nicht übernimmt. In das Objekt muß reichlich Geld reingesteckt werden. Wenn einer dazu in der Lage ist, dann ist die Lage ganz schön."

„Tja", sagte Rathjen, „dafür wird es denn ja wohl billiger kommen. Wenn sich einer schnell entschließt, müßte man mal sehen, was sich machen ließe."

Damit zog er Jonny in die bürgermeisterliche Küche zu seiner Thermoskanne mit Kaffee, bot ihm eine Tasse an und'n kleinen Weinbrand dazu und machte sich umständlich daran, ihn auszuhorchen, was er wohl für einer wäre und woher und was ihn ausgerechnet nach Bargenhoop getrieben hatte. Zu Rathjens Überraschung zierte der sich überhaupt nicht sondern erklärte in ein paar kurzen Sätzen, was er vorhatte und was hinter sich. Das gefiel Rathjen gut, außerdem fiel ihm ein, daß er den alten Realschullehrer Schippmann, der bis zuletzt den Hogenbütteler Gesangverein dirigierte, noch von Ansehen gekannt hatte.

„Du schallst dat hebben, mien Wort!" Er kramte in der Schublade des Küchentisches herum, bis er ein kleines Notizbuch gefunden hatte, suchte eine Nummer heraus und ging zum Telefon im Flur.

„Hier Rathjen, ja Rathjen, Bürgermeister von Bargenhoop. Es geht um Ihr Haus, die Kate von Leverenz, genau. Es ist heute eine Begehung gemacht worden auf Ihrem Grundstück . . ja . . . und ich muß Ihnen schon sagen, jetzt haben Sie es bald geschafft, das Haus ist in einem solch desolaten Zustand, daß man schon um die Verkehrssicherheit fürchten muß . . . Verkehrssicherheit, ja. . . . Das heißt, daß da bald keiner mehr drumrum gehen kann, ohne Angst haben zu müssen, daß ihm ein Ziegel auf den Kopf fällt. . . Da hat auch keiner was zu suchen? So, dann wollen Sie es wohl auch nicht mitgeteilt bekommen, wenn der Sturm das erste Fenster herausgedrückt hat? . . . Sie wissen doch wohl, wie das bei uns wehen kann. Noch hängt es in den Angeln, ich hab nicht gesagt, daß ein Fenster rausgeweht ist . . . es könnte jederzeit! . . . Ja . . . Sie wollten doch nicht, daß einer sich auf ihrem Grundstück näher umsieht. Na, also! . . . Sicher hab ich den Schlüssel noch, ich wollt Ihnen nur dringlich mitteilen, daß nun bei kleinem etwas geschehen muß. . . Wenn Sie es selber noch nutzen wollen, das Haus, dann müssen Sie jetzt was tun, sonst hat das keinen Sinn . . . Ja eben, die Kosten steigen sonst schnell so, daß sich das überhaupt nicht mehr rentiert. . . . Sie hätten schon längst verkaufen sollen, da hätten Sie noch ein paar Mark gemacht, das ist doch für 'ne Erbengemeinschaft immer das beste . . . Ja wenn man sich nicht einigen kann, hat man am Ende gar nichts, das ist 'ne alte Weisheit. . . Und nun, was und nun? . . . Warten Sie mal, einen Interessenten hätt ich eventuell, ob der so viel Arbeit auf sich nimmt, weiß ich allerdings nicht . . . Der würde das, wenn überhaupt, selber machen. Na, hören Sie, wer das Geld hat, die nötigen Arbeiten machen zu lassen, der baut doch gleich neu, anstatt sich auf diese Bude einzulassen. . . Ich könnte ihn mal fragen, sicher, aber nur wenn Sie eine vernünftige Preisvorstellung haben, ich mach mich doch nicht lächerlich! . . . Ach übrigens, deshalb hab ich doch eigentlich angerufen, die Gemeinde will den Zuweg ausbauen, genau, zu Ihrem und zum Nachbargrundstück. . . Ja, das kann der Gemeinderat ganz alleine beschliessen, natürlich. Da kämen erhebliche Kosten auf Sie zu. . . Erschließungskosten selbstverständlich! Für Wasser und Abwasser und Schwarzdecke und so. . . Schriftlich? Mein lieber Mann, den Bescheid kann ich Ihnen doch erst zustellen, wenn wir die genauen Kosten ermittelt haben, also hinterher, wie sich das gehört, ich ruf Sie doch bloß an, damit Sie sich schon mal seelisch ein bißchen darauf vorbereiten können . . . das wird 'n Batzen werden . . . Zahlen muß der Eigentümer zum Zeitpunkt der Baumaßnahme . . . Natürlich, wenn Sie vorher verkaufen, der Nachfolger, dann ist das sein Bier. . . Fragen kann ich ihn mal, aber versprechen kann ich nichts . . . Gut, bis heute abend mach ich das. Ich hör von Ihnen? Bis denn, auf Wiederhören."

„Wollen Sie tatsächlich den Weg ausbauen?"

„Ach was, doch nicht für die zwei Hütten, das rechnet sich ja gar nicht, das war mehr so gesprächsweise, markst Müüs?"

Er sollte morgen abend wiederkommen, spätestens bis dann kriegten sie das geregelt, wär doch gelacht, wenn die Kate nicht an den rechten Mann zu bringen wäre. Jonny fuhr nach Hogenbüttel zurück mit dem sicheren Gefühl, über Nacht seinen Ort und richtige Freunde gefunden zu haben.

Es war dann auch so gekommen wie Rathjen kalkuliert hatte. Der angerufene Erbe hatte in einem Rundruf die Miterben alarmiert, daß sie sich nun endlich entschließen müßten, etwas zu unternehmen, sonst verfiele das Haus vollends und sie hätten statt Einnahmen noch Kosten dazu. Die anderen hatten sich schon seit langem mit ihrem Streit nicht mehr wohl gefühlt und nahmen den Ball gerne auf. Selber nach Bargenhoop zu fahren und sich vom Zustand des Hauses zu überzeugen, dazu war keiner bereit, das hätte am Ende noch mehr Scherereien bedeutet. So war der Entschluß schnell gefaßt, bloß verkaufen und weg mit Schaden. Die Geschichte läge ihnen nicht mehr im Magen, sie würden wenigstens etwas Geld bekommen und jeder die gleiche Summe. Sie könnten sich endlich wieder in die Augen sehen. Der Streit wäre begraben, vergeben und vergessen, was hatten sie mit einem Haus in diesem abgelegenen Nest überhaupt je gewollt? Selbst der ziemlich mäßige Preis, den man laut Rathjen allenfalls würde erzielen können, war ihnen schließlich recht.

Rathjen begrüßte Jonny am nächsten Abend förmlich und mit Handschlag als neuen Bürger der Gemeinde, übergab ihm den Schlüsselbund und einen Zettel. Auf den hatte er einen Termin beim Notar geschrieben, den er gleich für ihn abgemacht hatte: damit auch alles seine Ordnung hat.

In der nächsten Zeit hatte der Käppn gut zu tun gehabt mit renovieren und damit, seine Siebensachen zusammenzuholen, ein paar alte Möbel und Bilder, Kisten mit Büchern und Erinnerungsstücken, die er bei Bekannten untergestellt hatte. Was er sonst brauchte, kaufte er sich nach und nach, je nachdem wie er in seiner Hütte vorankam, so preisgünstig wie möglich neu. Vor dem Winter sollte es bezogen sein, sein Haus, und genau so hergerichtet, wie er es sich gewünscht hatte.

In dieser Zeit hatte man ihn wohl auf dem Kieker gehabt in Bargenhoop und ihn, wo er sich sehen ließ, ungeniert beäugt, aber viel in Erfahrung bringen konnte man nicht. Er fuhr in seinem Auto hin und her, um sich zu besorgen, was er brauchte, und sonst arbeitete er in seinem Haus und ließ sich im Dorf kaum blicken. Rathjen hatte auf Nachfrage bloß verlauten lassen, daß er'n alter Seemann wär, der sich zur Ruhe setzen wollte. Ein anständiger Kerl, der würde sich schon vorstellen, wenn er so weit war, man keine Bange.

Auch zu Butenschön kam er in der ersten Zeit nicht. Er genoß abends, in dem er sich alles gründlich besah, was er tagsüber geschafft hatte, den gleichmäßigen Fortschritt, trank seinen Grog oder sein Bier und ging mit einem wohligen Gefühl und der Vorfreude auf den nächsten Tag zu Bett.

Als er dann endlich so weit war, wie er sich am Abend im Lindenkrug ausdrücken sollte, die Arbeit getan, wie er es sich vorgenommen hatte, und ihm nicht nur gelungen sondern so langsam auch zuviel geworden war, da zog er noch den Kahn aus dem Schuppen. Er schob ihn aufs Wasser, vertäute ihn sorgfältig und da das ausgetrocknete Holz nicht untergehen wollte, wuchtete er so lange große Steine hinein, bis er schließlich abgluckerte. Darauf ging er sich rasieren, zog sogar einen Anzug an und machte sich auf den Weg zum Lindenkrug, jetzt wollte er sich in Bargenhoop bekannt machen.

Das hatten inzwischen andere übernommen. Heiko Blohm war so hektisch wie üblich in den Lindenkrug gestürzt, er kam ja immer so, als müsse er im nächsten Moment verdursten, wenn er nicht sofort sein Bier bekäme, und war herausgeplatzt mit der Nachricht:

„Der Neue da in Leverenz Kate, ich sag euch, der ist garantiert astrein verrückt! Wenn der sie noch alle auf der Reihe hat, denn bin ich nicht mehr bei mir!"

Er kriegte, daß er in Ruhe erzählen könnte, erstmal sein Bier. Heiko fing immer mit einem Schuß an - der Kröger drehte einmal bis kurz vorm Überlaufen den Hahn auf und stellte ihm dann das bloß angezapfte Bier hin - und er hörte mit einem Schuß auf den Weg auf. Ewald rechnete ihm das zu einem Bier zusammen. Dazwischen wollte er allerdings nur gut geschenkte Biere haben, mit Zeit Ewald, so wie sich das für ein Pils gehört.

„Also, ich geh eben am Mühlenteich entlang und überleg noch so, ob ich erst nach Hause gehen soll und mich umziehn oder gleich hierher, da seh ich drüben auf der anderen Seite den Neuen, wie er ein Boot aus dem Schuppen schleppt. Das muß wohl der alte Fischkahn vom Leverenz gewesen sein. Er legt ihn aufs Wasser, bindet ihn ordentlich an und dann, ihr glaubt es nicht, schmeißt er Steine rein, einen nach dem anderen, solche Wacker, halbe Findlinge, so lange bis der Kahn absackt und weg ist. Dann steht er noch einen Moment, wohl um zu kucken, ob er nicht noch wieder auftaucht und geht zurück ins Haus. Ich sag euch, der ist nicht normal!"

„Vielleicht schmeißt er ja alles, was er nicht mehr braucht in den Teich?"

„Das glaub ich von dem nicht. Und wenn das wirklich so wär, Henning, hätte das wohl schon jemand gesehen", meinte Ewald, „außerdem, wenn er ihn loswerden wollte, warum hat er ihn dann extra angebunden?"

„Damit er nicht wegschwimmt!"

"Vielleicht braucht er keinen Kahn und wollte ein U-Boot draus machen!"

„Ich sag euch, der spinnt einfach. Da haben wir uns schön einen eingefangen."

Als Jonny Schippmann die Tür aufmachte und freundlich grinsend mit einem: 'Schönen, guten Abend' hereinkam, wurden sie augenblicklich still. „Der war schon schön", sagte Ewald, „aber nun kann er noch gut werden!"

Jonny setzte sich auf den letzten Hocker an der Theke, drehte sich da halb um, den anderen zu, einen Arm auf dem Tresen, und thronte so zwischen Ausschank und Musikbox, beide Hände frei, den Rücken an der Wand. Das sollte sein Stammplatz werden. Den anderen war diese Ecke bislang immer beengt vorgekommen, weswegen sie nur besetzt wurde, wenn es richtig voll war. Jetzt sah es so aus, als wäre der Platz die ganze Zeit freigehalten worden.

„N'Bier?"

„Genau!"

Als niemand weiter sich rührte und minutenlang keiner sich hören ließ, stand er wieder auf.

„Schippmann", sagte er, „Jonny Schippmann. Auf Dauer an mir vorbeizukucken, das könnte mühsam werden, ich wohn nämlich hier und komm jetzt öfter."

„Wahrscheinlich zum Schiffe versenken", meinte Heiko und alles brüllte los. Da verstand Jonny, was Sache war.

„Es gibt da ein kleines Problem", sagte er, „was macht man mit einem alten Kahn, der schwimmt, jedenfalls für 'ne ganze Weile, solange man nicht reinsteigt, aber sofort untergeht, wenn man das tut."

„Ganz einfach", sprach Henning Rohwer mit spitzen Lippen, „man schmeißt so lange Steine rein, bis er abgluckert, denn kann keinein mehr damit versaufen, oder?"

„Haargenau!"

Sie lachten wieder, aber sie waren sich nicht mehr sicher, daß er verrückt war. Er wirkte so ruhig und gelassen, da war irgendwie eine Kinke dabei.

„Der Kahn wird beschwert, bis er auf Grund geht und bleibt so zwei, drei Wochen liegen. Da kann er schön Wasser ziehen."

Ewald brachte sein Bier und zwinkerte ihm mit einem Auge zu. So mußte man die Geschichte erzählen, sollten sie ruhig ein bißchen rätseln. Wer andere für doof hält, soll sich gefälligst selber schlau machen, da hat er was besseres zu tun. Jonny trank sein Bier aus mit einer Miene, als müßte man es zischen hören, dann stellte er das Glas hart auf die Theke zurück.

„Wer zu lange auf dem Trockenen sitzt, der schwindet", als sie ihn immer noch zweifelnd ansahen, fügte er hinzu, „ jedenfalls wenn er aus Holz ist."

Bis auf Heiko dämmerte es ihnen langsam, der war nicht doof und schon gar nicht verrückt.

„Der Kahn muß monatelang an Land gelegen haben."

„Jahre", sagte Ewald, „der alte Leverenz hatte doch schon ne Ewigkeit nicht mehr auf dem Mühlenteich gerudert."

„Die Planken waren so weit auseinander, da konnte man schon fast die Finger durchstecken. So hätte man das nie wieder dicht gekriegt."

„Er ist nämlich ein richtiger Fachmann", jetzt hatte Ewald seinen Spaß.

„Sein Leben lang Seemann gewesen."

„Dann muß ich nun wohl Käptn sagen", war alles was Heiko dazu eingefallen war.

So hatte er sich eingeführt vor sechs Jahren und Käppn war Jonny Schippmann von da an geblieben, wenn er an Deck war auf seinem Stammplatz im Lindenkrug, so lange jedenfalls, wie Ewald ihn ließ. Der hatte sich noch von keinem was sagen lassen und, wenn's drauf ankam, noch über jeden das Kommando behalten.

An diesem Donnerstag war im Lindenkrug nicht nur der wöchentliche Stammtisch mit Kartenspiel für die Männer, Nane hatte am Abend den Häkelbüdelklub zu Gast. Im Gegensatz zu den Männern, die sich ganz zwanglos bei Ewald im Lindenkrug einfanden, wann immer sie Durst bekamen nach Bier und Köhm oder nach lautstarken, weitschweifigen Reden, richtigen Freiheitsdurst eben, im Gegensatz zu den Männern also, versammelten sich die Frauen von Bargenhoop gut organisiert immer donnerstags reihum. Während bei Ewald alles Nötige zu jeder Zeit bereitstand, mußten die Torten, die gehörige Portion Kaffee, das kleine Likörchen passend besorgt wer-

75

den.

Für Meta den Eierlikör, aber mit gelber Brause und Strohhalm dabei, nein wie altmodisch. Emmi trinkt bloß diesen aufgesetzten Schnaps, Gott, wie heißt der noch, Plum? Ja genau, und einen Kirschlikör brauchen wir auch, Wodka mit Feige und diesen französischen Orangenlikör, diesen Koangtroh müssen wir aus Altholm mitbringen, ich glaub den gibt's in Hogenbüttel nicht, wiieee schreibt man den? Ach, was weiß ich, sone braune Buddel mit französischer Aufschrift eben. Diese Treffen der örtlichen Damen mußten von langer Hand vorbereitet werden. Da war es schon ärgerlich, wenn eine der fest eingeplanten Teilnehmerinnen in letzter Minute absagen mußte, nur weil der Mann die Grippe hatte und mit vierzig Fieber im Bett lag. Mach nich allein sein der Kerl, wat sind die Männer doch wehleidig! Hest'n Mann, hest ok'n Kind, aber dann half es nun mal nichts. Viel weniger problematisch war es, wenn unerwartet eine neue Teilnehmerin dazukam. Das bedeutete, wenn nicht neue Themen, so doch wenigstens neue Redewendungen und demnächst ein Tagungsort mehr in der Reihe, das sparte auch Kosten.

Häkelbüdelklub heißen diese Treffen nach alter Tradition, obwohl die Frauen den Beutel mit dem Handarbeitszeug längst weggelassen hatten und sich ganz konzentrierten auf sachkundige Gespräche über Männer und Kochen und Männer und ihre Macken im allgemeinen und über Backrezepte und Kinder und Männer und ihre Macken im besonderen. Da die Frauen jedoch streng darauf achten, auf alle Fälle unter sich zu bleiben, bleibt es den Männern erspart mitzuerleben, wie sie betratscht und durchgehechelt werden, taxiert und abserviert, bekichert und totgelacht. Sie würden mehr als nur rote Ohren bekommen und deshalb weiß Mann da auch weiter nichts von.

Die Männer tagen dagegen öffentlich im Krug; wer will, der kann kommen, wer nicht will, kann's bleiben lassen. Frauen sind selten, aber gerne gesehen, von manchen mehr, von anderen weniger, und die einzige Regel ist, wer einen ausgegeben kriegt, der gibt einen aus, früher oder später, aber bestimmt.

An diesem Abend war Butenschöns Haus gut besucht, die Gaststube frequentiert, wie Ewald sich bei mehr als sechs Mann ausdrückte, und die gute Stube gesteckt voll. Emmi Kohfahl wollte eine neue Anwärterin mitbringen für die Frauenrunde. Sie war so oft um die alte Müllerkate herumspaziert am Nachmittag, bis sie Jette Lüders im Garten abgepaßt hatte. Ein Wagen mit hamburger Kennzeichen stand nämlich schon seit Mittag vor der Tür.

Jette wollte auch wohl mal reinschauen in die Runde, aber nur kurz. Sie mußte ja am Abend nach Hamburg zurück und fuhr nicht gern so spät allein. Emmi hatte sie gleich geschnappt und zu sich zum Abendbrot eingeladen, damit sie nicht sonst eine als erste beim Häkelbüdel anschleppte.

Im Gastraum merkte man zunächst von der Frauenversammlung nicht viel. Nur das Gelächter von nebenan konnte man ab und zu bis in die Wirtschaft hören. Das Treffen war ja privat, da gingen sie lieber hintenrum, wie es üblich war. Emmi Kohfahl zog es allerdings vor, mit dem neuen Gast so öffentlich wie möglich aufzutreten.

„Lassen Sie sich nicht beim Kartenspielen stören, meine Herren! Das hier ist übrigens Frau Henriette Lüders, unsere neue Mitbewohnerin, demnächst jedenfalls. Mensch Lüüd! Die Jette is wieder da!"

Sie sah sich vergnügt die erstaunten Gesichter an und schob Jette Lüders einfach um den Tresen herum, durch Ewalds Küche in den Hausflur. Die Überraschung war ihr einmalig gelungen. Jette hatte Eindruck gemacht in ihrem eleganten Stadtkleid.

„Extravagant", hatte Ewald über ihr modisches Aussehen gesagt, als er sich von dem Übergriff erholt hatte; einfach hinter den Tresen gehen und gleich noch durch seine Küche, das kostete normal ne Runde, das sollte sich von den Männern mal einer erlauben, „mit Lippenstift und Rouge sogar, nun geht das hier aber los."

„Die sah noch verteufelt gut aus für ihr Alter, die war doch bestimmt schon so, so an die . . ."

„Wenn nicht noch mehr", sagte Henning, „für dich alten Knochen wär sie gerade richtig, aber du solltest lieber die Karten bedienen, als die Fliegen an der Tür zu zählen."

„Mach keine Witze, ich mein ja bloß. . ."

„Und dann kommt er mit der Zehn blank auf den Tisch! Ich warne dich Käppn, wenn du so weiterspielst, hast du wirklich noch Glück in der Liebe."

Weil für seinen Geschmack ein bißchen zu lange gelacht wurde, schmiß Jonny die Karten hin. So ging das ja nun nicht, bloß weil die Milchbubis sich von Mutters Rockzipfel an die nächstbeste Schürze gerettet hatten, mußten sie nicht auftreten wie die Herren von Welt. Er hätte ihnen schon einiges erzählen können, er nahm bloß Rücksicht auf ihre zarten Gemüter. Aber da schüttelten sie sich nur vor Lachen, Jonny als Liebhaber, das konnten sie sich nicht vorstellen.

„Du könntest dich abends im Dunkeln mal in der Tür vertun und kehrst einfach ein Haus früher ein, vielleicht hast du ja Glück."

„Aber nur, wenn sie dich verwechselt. Warte bis Nikolaus, da hast du am ehesten eine Chance! Du kannst deinen Bart noch ein bißchen wachsen lassen, und vielleicht ist er bis dahin ja auch schon ganz weiß."

„Laßt euch doch erstmal einen Bart wachsen, ihr Weihnachtsmänner! Die Rute werden euch eure Frauen schon geben, den Sack voll Flausen habt ihr sowieso!"

Jonny war recht erzürnt. Sonst konnte ihn wenig erschüttern. Wenn man ihn anmachte, dann blaffte er ziemlich ungerührt zurück, damit hatte sich das. In der letzten Zeit hatte er mehr als einmal gedacht, daß es schöner wäre, nicht allein. So ne Seemannsehe, das war nichts, das hatte er nie gewollt. Da blieb die Frau viel zu viel allein. Das ging meist nicht gut. Oder sie hätte ihn an Land geschnackt und zu irgendeinem Beruf überredet, den er nicht leiden konnte. Das hatte er nie gewollt, das wäre nie in Frage gekommen. Jetzt sähe die Sache völlig anders aus. Ihr anzügliches Gerede ärgerte ihn, als ob er nicht mehr könnte, wenn er wollte. Er saß noch lange nicht auf dem Trockenen.

„Jung gewesen bin ich schon lange vor euch, aber dumm geblieben nicht, das merkt euch."

„Laß die Jungs man", sagte Ewald, „sie machen sich lustig, aber du bist doch eigentlich gar nicht gemeint. Ich hab einen wunderbaren Calvados, den mußt du unbedingt probieren, das ist ein Schnaps für den reiferen

Jahrgang."

Über den herbstlichen Apfelgeruch aus ihren Gläsern kamen sie ins Träumen. Ewald legte Jonny dar, wie schön es doch wäre, allein zu sein. Ruhe zum Nachdenken und Muße zum Sinnieren! Keinen, der an einem rummäkelt, einen abends wie'n Kind zu Bett schickt und morgens in aller Herrgottsfrühe rausschmeißt. Ein freier Mann sein, verstehst du, sein eigener Herr sein, das ist es! Und Jonny schwärmte Ewald vor von den Vorzügen der Zweisamkeit. Es ist ja nicht wegen dem, weißt du, oder jedenfalls nicht nur, schon auch. Aber überhaupt. Da ist jemand, auf den du dich freust. Es ist nicht belanglos, was du machst. Gehst du raus, kriegst du'n Schal um, verstehst du?

„Waldi", kam Nane um die Ecke und beendete ihr Gespräch, „die Jette hat das ganze Haus voller Mäuse und weiß nicht, wie sie die wieder loswerden soll, hast du nicht eine Idee?"

„Eine Katze", rief Henning vom Stammtisch, „eine gute, alte Katze!"

„Oder zwei!" grölte Heiko, „eine für den Tag, eine für die Nachtschicht!"

„Jette hat eine Allergie gegen Katzenhaare! Auf eine Katze wären wir wohl alleine gekommen."

„Hat sie schon mal was von Mausefallen gehört? Speck rein, beiß rein, schnapp zu, mausetot!"

„Das findet sie gräßlich, Waldi. Da werden die armen Tiere mit Leckereien verführt und dann ist es ihr Tod, das ist nicht fair, das mußt du doch auch sagen! Das will sie nicht. - Also ihr habt auch keine Idee, hätte ich mir ja denken können!"

Waldi öffnete im Boden hinter der Theke eine Klappe und stiefelte die Treppe hinunter in den Bierkeller. Nachdem er eine Weile herumgekramt hatte, kam er mit einer alten Schlagfalle zurück. Er rieb sie an einem Lappen von Staub und Spinnweben sauber. Wenn man den Schlagbügel zurückbog, den Haltehaken vorn an der Krampe einfädelte, die auf einem beweglichen Brettchen befestigt war, dann blieb die Falle gespannt. Er tippte vorsichtig mit einem Bierdeckel auf das Köderbrettchen und schon schnappte sie zu.

„Allerbest! Bloß, so eine will sie ja nun mal nicht."

„Paß auf", sagte Ewald, „was sie will ist eine faire Falle."

Er nahm einen Filzstift aus der Schublade und schrieb in Schönschrift auf das Holz: Warnung! Speck fressen gefährdet Ihre Gesundheit! Damit ging er in seine Stube. Als er zurückkam, lachten die Damen immer noch.

„Was hat sie gesagt?"

„Daß ich herzlos bin."

„Und was hast du ihr da gesagt?"

„Sie soll all ihren Mäuschen Namen geben, dann gewöhnt sie sich schneller an sie."

„Oder, sie muß sie lebend fangen, mit dem Strohhut . . . mit dem Einkaufsnetz."

Da kam Jonny eine Idee, er wußte, wie man eine Falle baut, in der die Mäuse am Leben blieben. Hatten sie früher doch auch gehabt. Die würde er bauen nach alter Art und seiner Nachbarin zum Einstand hinüberbringen. Und hinterher konnte er die gefangenen Mäuse abholen, sie würde sich bestimmt nicht mit denen befassen wollen. Da sollte sie schon sehen, wie gut er zu gebrauchen war. Er könnte sich eigentlich selber eine Katze anschaffen, an eine ganz junge würde sich Hasso wohl gewöhnen, oder er fütterte Elsbeth Lammers Kater mit den Mäusen. Diese Jette würde ihn jedenfalls bald öfters zu sehen kriegen, mit Speck fängt man Mäuse.

Neue Gäste kamen und zogen die Aufmerksamkeit auf sich. Undine und Pastor Dissen setzten sich an einen Tisch am Fenster und erwarteten, daß der Wirt zu ihnen käme, um ihre Bestellung aufzunehmen.

„Guten Abend allerseits", sagte er schließlich nach einer Weile, als sich so gar nichts rühren wollte.

„N'Abend Herr Pastor, was darf's denn sein?"

Die angelernte Höflichkeit, die einem ja so oft im Wege ist, zwang Fürchtegott Dissen aufzustehen und an den Tresen zu gehen; er brächte es nicht fertig, in Gegenwart Undines eine Bestellung durchs Lokal zu rufen. Ausserdem wollte sie gern einen Schoppen Wein, und er fürchtete nicht zu Unrecht, daß es damit nicht weit her sein würde. So machte er sich zum Boten.

„Der Wein ist leider von der üblichen Sorte, Undine. Wein wird so gut wie nie bestellt, sagt der Wirt, und wenn, dann tränken sie nur diese Traubenlimonade, so Marke Edler vom Rübenberge meint er, den könnt' er Dir nicht empfehlen. Wer kein Bier mag, für den gäbe es noch diverse Schnäpse und Liköre, Mineralwasser und Fruchtsäfte, Du solltest am besten selber zu ihm gehen und Dir etwas aussuchen."

Undine stand auf, bemühte sich fünf Schritte zu schlendern und besah sich diesen Gastwirt durch den Fransenvorhang ihres roten Ponys hindurch.

„Was haben Sie denn anzubieten an alkoholischen Getränken, was schmeckt und nicht so süß ist. Ich hasse Liköre!"

„Einen Martini hätte ich noch, aber ich glaube, der steht schon eine Weile, der geht bei uns nicht gut, einen Weinbrand, Whisky, Wodka, Sliwowitz, Kirschwasser und einen wunderbaren Calvados, den haben wir eben gerade probiert, sehr zu empfehlen."

Den wollte sie und ein Mineralwasser dazu. Jonny glaubte an eine Invasion, soviel Farbe und Parfüm an einem Abend um sie herum, ihm wurde bald schwummerig davon. Wie übersichtlich blieb die Männergesellschaft an normalen Tagen, man saß wie man saß und redete wie man redete, mußte nichts besonderes tun oder sein und wußte auch mit geschlossenen Augen Bescheid, was los war.

„Das, Herr Butenschön, ist übrigens eine der Lyrikerinnen, nein, die einzige natürlich, der Gruppe Glencheck, die anderen sind ja Herren, die bei Ihnen lesen wollen, wir wollten uns zusammen noch einmal den Saal ansehen, natürlich nur, wenn es Ihnen recht ist."

„Alles recht, Herr Pastor, schauen Sie sich nur um. Meinetwegen Fräulein . . . können sie gern auch gleich hier eine Probe geben . . ."

So ja nun nicht, das war ihr entschieden zu spontan, was diese Leute sich vorstellten, sie kam doch nicht zum Vorsingen, aus dem Stegreif gewissermaßen. Vielleicht sollte sie auch noch Schulgedichte aufsagen wie, so Karaokelyrik was, Klaus Groth im Chor gesprochen: Lütt Matten de Has, de mokt sick een Spaß, das war doch wohl ein grotesker Irrtum.

Ewald öffnete ihnen die Doppeltür zum Saal und konnte sich das Lachen nur mit Mühe verbeißen über den Ausdruck gerechter Empörung, mit dem Undine ihn in Seitenblicken abstrafte.

„Wir kriegen demnächst ein Fest", sagte er zu Jonny, „ ich weiß noch nicht, was es genau wird, aber es wird großartig, verlaß Dich drauf. Diese junge Dame und zwei ihrer Freunde werden bei mir im Saal eine Dichterlesung veranstalten. Kunst kommt ins Haus, verstehst du, das wird so oder so unvergeßlich werden."

Nach Kunst hatte sie Jonny gleich ausgesehen, aber es war ihm egal, er war mehr für Natur. Jette würde bestimmt hingehen, und deshalb käme er auf jeden Fall auch; sollten sie lesen, was sie wollten, ihm wär's im Zweifelsfall egal, das würde allemal eine Gelegenheit werden für ihn.

„Der Saal ist doch größer als ich dachte, werden wir den denn einigermaßen füllen können?"

„Der wird brechend voll, Herr Pastor, das garantier ich!"

„Dann würden wir ihn für übermorgen in einer Woche gern nehmen. Ist Ihnen das recht oder kommt das zu kurzfristig?"

„Das kommt zurecht. Wir wollen die Reklametrommel schon rühren. Schaffen Sie Ihre Leute nur her, alles andere wird da sein."

„Dann vielleicht nächsten Sonnabend um acht, ja?"

So wurde es abgemacht und mit noch ein paar Gläschen Calva begossen. Dissen trank herzhaft sein Wasser. Er war auch so so froh.

Nach Hause gingen sie untergehakt und es kam Fürchtegott vor, als ob Undine den Kopf auf seine Schulter lehnte. Nicht ganz, das war ja auch nicht gut möglich beim Gehen, aber so ein bißchen doch, glaubte er jedenfalls, die linke Schulter fühlte sich eindeutig schwerer an, das bildete er sich nicht nur ein. Er wollte behutsam vorgehen, nur nicht mit der Tür ins Haus; es würde früh genug so weit sein, er würde Undine nicht erschrecken, keinesfalls.

„Tja, es war ein langer Tag, meine Liebe, möchtest du zuerst ins Bad?" Das fand sie lieb und er konnte in Ruhe das Gästebett zurecht machen, dazu war er mit seinem dicken Kopf nicht gekommen. Eine Pralinenschachtel legte er auf den Nachttisch, die hatte ihm Elsbeth Lammers zum Geburtstag verehrt, plazierte sie etwas über Eck, direkt auf den Ordner mit einer kleinen Auswahl seiner Kolumnen. Dann wartete er in Ruhe im Wohnzimmer ab, bis sie fertig war.

Sie trug seinen braunen Flauschbademantel und hatte den Gürtel so eng gezogen, daß es aussah wie ein tailliertes weites Kleid. „Wartest du schon auf mich?"

„Ist überhaupt nicht schlimm, so müde bin ich noch gar nicht, außerdem", und damit führte er sie an der Hand zum Gästezimmer, „ich mußte das noch vorbereiten. Heute morgen, na, du weißt ja! Morgen früh koch ich den Kaffee und deck uns den Frühstückstisch. Ich habe dir keinen Wecker hingestellt, Du hast doch morgen früh noch etwas Zeit, so ein Wecker ist irgendwie ungemütlich. Der, den ich immer für unterwegs nehme, das ist zwar ein elektrischer Wecker, aber er fängt immer lauter an zu ticken, verstehst du das? Der hat gar kein altmodisches Uhrwerk und wird doch immer lauter, komisch ist das. Ja, wenn Du noch etwas brauchst, mußt Du es sagen. Etwas zu trinken noch, eine Flasche Mineralwasser vielleicht? Aber Du kennst Dich ja auch aus. .. Ja, ich geh dann ins Bad."

Undine legte sich ins Bett und verschränkte die Arme hinter dem Kopf. Zwei, drei Pralinen ließ sie sich auf der Zunge zergehen. Als sich im Haus nichts mehr rührte, machte sie das Licht aus.

Er fand sie am nächsten Morgen, nachdem er sich Hals über Kopf durchs Bad gehetzt hatte, schon in der Küche sitzend vor.

„Du hättest mir doch lieber eine Uhr hinstellen sollen, wie konnte ich wissen, daß es noch so früh ist", sagte sie mit einem Lächeln, dabei sah er doch genau, sie trug eine Armbanduhr.

„Ich hab mir überlegt, ich werde schon früh fahren. Jetzt, wo die Lesung vereinbart ist, möchte ich ein paar Sachen durchgehen und überarbeiten. Ich habe auch einige ganz neue Einfälle gehabt heute nacht, weißt Du, zukunftsweisende Ideen vielleicht! Das verstehst du doch, oder?"

Natürlich verstand er, er wußte nur nicht was. War sie ihm böse, aber weswegen? Er suchte den nächsten Zug heraus und stellte fest, daß sie auch gleich fahren mußten, um ihn noch zu erreichen. Gerade die Zeit für einen Tasse Kaffee im Stehen blieb ihnen noch.

„Bist Du irgendwie unzufrieden mit Deinem Besuch?"

„Nein, durchaus nicht."

So kam er nicht weiter, wenn er nur gewußt hätte, was los war. Sie blieb freundlich, aber sie redete nicht, und er kam auf nichts, das er hätte sagen können. Gestern war alles so einfach gewesen.

„Ich freu mich auf die Lesung und aufs Wiederkommen und auf Dich, Fürchtegott", sagte sie als der Zug einlief, „es war ausgesprochen lieb von dir, daß Du der Versuchung widerstanden hast, meine Tugend auf die Probe zu stellen, so würdest Du es wohl ausdrücken, was? Aber ein bißchen beleidigend ist es schon, finde ich!"

Er wußte, ohne in einen Spiegel sehen zu müssen, daß er ausgesprochen doof aussah, wie er eckig hinterherwinkte, mit diesem verstörten Gesichtsausdruck. Er konnte es nicht ändern, es war ja wohl die reine Wahrheit.

VORBEREITUNGEN

Man hatte sich etwas vorgenommen in Bargenhoop, es war ein Termin festgesetzt und damit war ein ungeahntes Ereignis dem gleichförmigen Gang des Dorflebens in den Weg gelegt wie ein Stolperstein. Die meisten Bewohner, zumindestens die weiblichen, kamen nicht drumherum, ihre Garderobe zu mustern, wobei sie unfehlbar zu dem Schluß kamen, es mußte was Neues her. Einmal sowieso, kam man nicht schon viel zu lange in immer denselben Sachen zum Häkelbüdel, und dann wie die Jette ging, das war elegant. So etwas elegant Festliches, feierlich aber auch nicht zu steif, mehr lässig und doch deutlich vornehm, das mußte man sich endlich mal leisten. Wenn nicht für dieses gesellschaftliche Ereignis, wann dann. Wer weiß, ob so eine Gelegenheit je wiederkäm

*

Lisa Rathjen war dabei, sich mit ihren Freundinnen zu besprechen, die Neuigkeit, daß nun sie mit Kai, die war ja längst rum. Was sie anziehen wollte war klar. Ihr atemberaubendes Schlitzkleid, das war nicht neu, aber für Kai auf jeden Fall eine Überraschung. Die Mädchen redeten ihr zu, unbedingt ihr Glück zu versuchen. Sie wollte Kai, das wußte sie genau, und mit ihm raus aus ihrem Dorf, aus diesem tief verschlafenen Nest, und rein nach Hamburg, in die Stadt, wo das Leben tobt. Das stand erst recht fest für sie. Und wenn sie gar keine Chance hätte, sie würde sie nutzen.

*

Jonny Schippmann zeichnete sich auf einem Bogen Packpapier auf, wie dieser altmodische Mausefallentyp ausgesehen hatte. Das war so ein kleiner Kasten mit zwei Kammern gewesen. Sie hatten auch Doppelfallen gehabt, mit dann vier Kammern, das wäre unnötig kompliziert, das wollte er erst einmal lassen. Eigentlich war das mehr ein längliches Holzgerüst gewesen, genau, mit ganz feinem Maschendraht umwickelt. Vorn an der Schmalseite war der Eingang in die erste Kammer, ein kreisrundes Loch in einem Brettchen, gerade groß genug, daß die Maus hindurchwutschen konnte. In die erste Kammer hatten sie immer ein paar Weizenkörner gelegt oder ein Stückchen Käserinde. In die zweite Kammer, in die der Hauptköder gehörte, richtig stinkiger Käse oder ein duftendes Stück Speck, führte genau der gleiche kreisrunde Eingang. Aber durch dieses Holz mußte er eine senkrechte Bohrung machen. Da zog man einen Zwirnsfaden durch, dessen Ende an ein Stück Blech geknotet war. Und das Blech konnte, durch zwei kleine Leisten geführt, vor das erste Loch, das Eingangsloch, heruntersausen. Wenn sie in die zweite Kammer will, die gute, da beißt die Maus den Faden durch, die Falltür fällt hinter ihr runter und schwupp ist die Falle zu. Ach ja, der Boden der zweiten Kammer mußte zum Abklappen sein, daß man die Maus auch wieder rausschmeißen konnte, der Katze direkt vor die Füße. Genauso hatte sie ausgesehen, die Raubtierfalle en miniature. Er mußte nur nach Hogenbüttel fahren und Fliegendraht besorgen, ein Stück Blech und Leisten würden sich im Schuppen finden, der Rest war ein Klacks.

Jette wollte er abpassen, wenn sie gerade mal da war, um den Fortschritt der Renovierungsarbeiten zu kontrollieren, und ihr dann die humane Lebendfalle für ungebetene Gäste überreichen. Bei der Gelegenheit konnte er sie fragen, ob er sie einladen dürfe zur Lesung im Lindenkrug. Sie sollte ihn wohl kennenlernen und gleich sehen, was sie an ihm hätte.

*

Ewald Butenschön hatte wieder einmal eine seiner kleinen Fluchten vor, als Nane ihm eröffnete, sie wolle diesmal mit nach Hamburg. Sie hätte für Sonnabend gar nichts Vernünftiges zum Anziehen, sie wollte sich auch mal schick machen. Und außerdem müßte er doch nicht jedesmal, wie alle Monat einmal, allein nach Hamburg fahren: wer weiß, was du da immer so treibst, allein. Außerdem, wo ihr Waldi nun unbedingt in Urlaub fahren wollte, jetzt auf einmal, nach so vielen Jahren, in denen sie vergebens auf ihn eingeredet hatte, da wollte sie ihn in ein Reisebüro lotsen.

Meist trieb Ewald nur die Leihfrist der Zentralbücherei, das war nämlich

Ewalds Schatztruhe, die entliehenen Bände zurückzugeben und, was er noch gar nicht entbehren mochte, zu verlängern. Das war nämlich das Höchste für ihn, herumzustöbern und die Bücherbestände daraufhin durchzusehen, was sie an Futter boten für seinen hungrigen, zu Zeiten beinahe allesfressenden Geist.

Gewiß ging er was essen mittags und besorgte zuverlässig, was Nane ihm auftrug. Er besuchte auch gelegentlich die Kunsthalle oder eines der Museen der Stadt, ansonsten war ihm das hamburger Gewusel und Gedröhne nur lästig.

„Was meinst Du, Waldi, wird es kühl bleiben heute oder soll ich doch lieber etwas Leichteres anziehen?"

Es klingelte an der Tür. Butenschön hatte nicht die geringste Lust, sich von noch jemandem aufhalten zu lassen.

„Was weiß ich, nimm Dir eben einen Pullover oder eine Jacke mit, nur sieh bitte zu, daß wir loskommen!"

„Ja Waldi, ich fliege!"

Ewald Butenschön nahm die gepackte Büchertasche und ging zur Tür, er konnte ebensogut dort warten.

„Ich klingel und klingel, ich dachte die Tür geht nie auf!"

„Vom Klingeln geht sie auch nicht auf, zum Öffnen ist die Klinke da", sagte Ewald in seiner hinterhältigen Höflichkeit.

„Na, wenn Sie meinen."

„Die Klingel ist alleine dafür da, uns anzuzeigen, daß jemand da ist. Und das hat sie doch gut gemacht, oder?"

„Um auf den Grund meines Besuches zu kommen . . ."

„Sie wollten uns besuchen, das ist dumm, wir haben nämlich nicht recht die Zeit, wissen Sie . . ."

„Besuch ist auch zuviel gesagt, das sagt man so, eine Floskel, ich wollte Ihnen eigentlich nur eine Frage stellen."

„Fragen ist gut, für Fragen habe ich viel Verständnis. Fragen Sie alles, was Sie wollen, Sie müssen sich nur etwas beeilen."

„Haben Sie sich schon einmal Gedanken darüber gemacht, Herr", und er sah verstohlen nach dem Türschild, „Butenschön, was mit Ihrer Frau passiert oder Ihrer werten Familie, wenn Sie einmal ganz plötzlich nicht mehr sind, ich meine ein Unfall oder so, das kann ja jeden treffen, jeden Tag!"

„Jeden Tag nun nicht, das passiert einem in jedem Leben Gott sei Dank nur einmal. Familie habe ich keine, und was wird wohl meine Frau machen, sie wird sich einen anderen suchen oder die Kneipe dichtmachen oder beides."

„Na gut, nehmen wir statt dessen etwas ganz und gar anderes, Herr Butenschön. . . . . Denken Sie nicht auch manchmal über Ihren Lebensabend nach . . . . wie schön es sein könnte, wenn Sie dann eines Tages vollkommen behaglich, nein, oder äh vielmehr beschaulich, also so ganz gemütlich, allein mit Ihrer Frau . . . man muß nur auch die Mittel dazu . . ."

„Eine schreckliche Vorstellung, hören Sie bloß auf, allein mit meiner Frau dasitzen, ohne meine Freunde, und sie ganz ohne ihre Blase, und nix mehr zu tun haben als bloß dasitzen, ein Albtraum wär das, das können sie doch uns beiden, mir und meiner lieben Frau, nicht antun!"

„So war das ja nicht gemeint, Herr Butenschön, ich bitte Sie, ich wünsche Ihnen beiden natürlich noch eine möglichst lange aktive Zeit in ihrem Leben; aber vielleicht kommt dann doch einmal der Tag, an dem Sie sich zurückziehen möchten. Und bei den Renten, die wir noch zu erwarten . . ."

„Rente?! Mich kriegt keiner in Rente, das sag ich Ihnen! Das was ich hier mache, den Gastwirt spielen, das ist nicht mein Job, mein lieber Herr, das ist meine Lebensform, die laß ich mir von Ihnen nicht kaputt reden! So lange wie ich kann, werde ich hinter dem Tresen stehn und meine Gäste empfangen und ausschenken. Ich wüßte nämlich überhaupt nicht, was ich lieber täte, als tagsüber lesen und nachdenken und abends mit den Leuten reden."

„Ja sicher, Herr Butenschön, jeder muß sein Leben so führen, wie er es will, selbstverständlich! Aber kann man das immer? Wieviel Unvorhergesehenes geschieht nicht jeden Tag, das müssen Sie zugeben. Sturm und Hagel, Feuer und Hochwasser! Das ist doch sicher Ihr Haus, sehr hübsch, ein nettes Haus, so wie es dasteht, aber sehr teuer wieder zu ersetzen, wenn es denn einmal, was wir nicht hoffen wollen, in Mitleidenschaft gezogen werden sollte. Bedenken Sie nur die Handwerkerrechnungen heutzutage, wenn bloß, sagen wir mal, ein paar Ziegel vom Dach fallen, es wird ja schon die Anfahrt berechnet, es regnet noch rein und kostet schon Geld, Ihr Geld in dem Fall, es sei denn . . ."

Da erschien Nane Butenschön und lächelte ihren Mann an. „Es hat etwas gedauert, Waldi, aber jetzt können wir gehen. Halt doch den Herrn nicht so lange im Gespräch auf, der hat doch sicher zu tun."

„Da hast Du recht", sagte Ewald zu seiner Frau und zu dem Mann, der vermutlich noch ein paar andere Versicherungen im Gepäck hatte, sagte er um Verständnis werbend: „Wir haben schon einen Drücker an der Tür, sehen sie hier innen, draussen, dort, da ist ein Knopf zum Zuziehen. Und mit diesem einen Drücker sind wir bestens bedient."

Ewald zog die Tür zu, schloß ab, wünschte einen guten Tag und ging, seine Frau in den Arm nehmend, mit ruhigen Schritten zu ihrem Auto davon.

Der Vertreter soll verstört gewirkt haben, als er sich später bei Martha Pinckepanck einen Flachmann kaufte, sonst hat ihn im Dorf niemand weiter gesehen. Er war wohl noch nicht lange in seinem Beruf, es verrät immer den Anfänger, wenn sich einer sklavisch ans Konzept hält.

Ewalds Konzept ging allerdings auch nicht auf. Nane hatte nicht nur vor einzukaufen, sie hatte auch etwas vor mit ihm. Daß er ihr gar nicht erst davonliefe, nahm sie ihn mit in die Geschäfte, in denen sie etwas für ihre Ausstattung geeignetes zu finden hoffte. Außerdem war Ewald dafür gedacht, im Zweifelsfall die Verkäuferin zu überstimmen. Denn dieses nach außen gekehrte Expertentum, das seine unmaßgebliche Meinung als der Weisheit letzten Schluß verkauft, hält sich ja nirgendwo so hartnäckig wie unterm Verkaufspersonal für Oberbekleidung. Die Damen und Herren Oberbekleidungsrichter halten nicht nur ihre Kleiderständer gut gefüllt mit Fertigware, sie sind auch selbst erfüllt von Konfektionsurteilen prêt à porter. Und fürs Apportieren war Waldi auch noch gedacht. Der aber blieb unter solchen Umständen nicht bei Fuß.

Mochte Ewald Butenschön auch bisweilen das Problem haben, daß er sich um zu viele Themen gleichzeitig kümmerte, für Mode interessierte er sich nicht die Bohne. Seinetwegen hätte seine Frau ihr Leben lang das gleiche tragen können, das hätte ihm den Umgang sogar erleichtert, er konnte das doch auch. Trug er nicht Cordhosen vom gleichen Typ, wie sie schon sein Vater als sogenannte Manchesterhose zur Arbeit angehabt hatte? Dazu groß karierte Baumwollhemden, das Bequemste, was es gibt! Die werden mit jeder Wäsche besser, das Muster verschwindet allmählich und der Stoff wird immer weicher und fließender. Er kannte nichts Angenehmeres. Die Muster dieser Karohemden waren allerdings selten scheußlich, das gab er zu, wenn er herumlief wie der letzte Vertreter eines bemitleidenswerten neugrönländischen Clans, dessen übrige Mitglieder diese Welt aus Gram über den Tartan bereits verlassen hatten.

Für Ewald gab es nur drei Kriterien beim Kleiderkauf: erstens bequem, zweitens bequem, drittens billig. Weniger schreiende Farben, vielleicht auch mal was anderes als Karo, das wäre ihm schon recht gewesen, aber keinen Aufpreis wert. Mode, das war laut Ewald ein Hütchenspiel, genau wie das, mit dem die Leute am Bahnhof reingelegt wurden, die immer auf das falsche Hütchen tippten, unter dem längst nichts mehr war. Einen Unterschied gibt es aber doch, fügte er dann gewöhnlich nach einer angemessenen Pause hinzu: Unter den Modehütchen ist nie was!

Nein, als Hilfe beim Kleiderkauf wollte sich Ewald nicht gebrauchen lassen und als stummer Diener auch nicht: er ginge jetzt in die Bibliothek, wie immer, und pünktlich um halb eins wollte er wieder am Wagen sein, dann könnten sie essen gehen. Damit wollte Nane sich zufriedengeben und allein weiterbummeln, ihr Waldi war schon brummelig genug. Der mußte sich eiliger als sonst orientieren, und er ließ sich doch so gern treiben im unübersichtlichen Buchbestand, gerade heute hätte er gern mehr Zeit und Ruhe gehabt. Einen philosophischen Band hatte er schnell gegriffen, bei dem ihm besonders der Titel 'Holzwege' gefiel, den Autor hatte er sich schon lange vorgenommen, doch zum seelenruhigen Stöbern und Herumschmökern hatte er an diesem Tag nicht den Nerv. Es ärgerte ihn, so eingeschränkt zu sein. Nane stahl ihm, sicher ohne das zu wollen, ein Stück von seinem Tag. Sollte sie doch allein in die Stadt fahren und einkaufen.

Nach einem Reiseziel für seinen Urlaub wollte er sich umsehen. Malaga und Mallorca und Gran Canaria, womit ihm Nane in den Ohren lag, kamen für ihn nicht in Frage, da hätte er fliegen müssen. Und überhaupt, diese Menschenmassen am Strand, dafür war er nun gar nicht zu haben. Baden konnte man an Nord- und Ostsee genausogut und dazu abends wieder zu Hause sein, das war doch ideal. Und wenn sie sich sonnen wollte, wozu hatten sie einen Garten? Deswegen fuhr er nicht weg.

Er wollte mal raus aus der Wirtschaft und aus Bargenhoop, ja, aber doch nicht um sonstwo unter die Touristen zu fallen. Er wollte ja nicht aus der Haut fahren sondern nur mal aus der Gewohnheit heraus. Ihm schwebte etwas vor, das er schon als Kind gerne getan hätte, mal nachzusehen, was von dem Sagen- und Märchenland noch stand. Nicht, daß er noch an Rotkäppchen geglaubt hätte, schon eher an den Wolf, doch eine recht grimmsche Gegend käme seinem Bedürfnis entgegen. In einer nach außen gekehrten Innenwelt würde er gern wandern.

Was er suchte war eine abgeschiedene Gegend. Ein Moor, eine Heide, ein Wald. Möglichst einer mit dornigen Rosenhecken und Märchenschlössern darin, mit hardenbergschen Leberblümchen, was mochten das sonst für welche gewesen sein, einen Werhatdichduschöneraufgebautsohochdadroben-Wald. Dieses Unikum wollte er betrachten mit eigenen Augen, seinen Kinderwald oder den Wald an sich, den WasistdendeutschenderwaldWald, mit dem sie ihn in Schulaufsätzen gequält hatten. Den kathedralen Wald, das angebliche Dombauvorbild, wollte er besehn; die Buchen, gotisch aufstrebend wie Pfeiler, Spitzbogen wie Lindenäste aufwärts gerichtet gen Blätterdach. Das Original wollte er sehen, beziehungsweise was dem so nahekäme, einen Seelen wie Blätter rührenden Wald.

Als er ein Kind war, hatte eine seiner Tanten ihm eine dickleibige Gedichtanthologie aus dem neunzehnten Jahrhundert geschenkt, die hatte sie bestimmt beim Aufräumen auf dem Dachboden gefunden: Deutscher Dichterwald. Die Gedichte hatten ihn weniger ergriffen als die Illustrationen darin. Stiche mit Hasen und Rehlein im dunklen Tann, röhrende Vierzehn- und Sechzehnender mit wehendem Hauch unter knorrigen Eichen. Dort hatte er auch die Märchenfiguren vermutet, mit denen er umgegangen war.

Dieser Märchen-, Dichter- und Denkerwald sollte seine Vorstellungskraft beflügeln. Wie hätte er Nane so etwas erklären können? Sie hätte ihn vermutlich in irgendeinen dieser Phantasieparks geschleppt, mit Riesenrad und Wildwasserbahn, Aschenputtel in Originalgröße mit winzigem Schuh und Schneewittchen im Designersarg nebst sieben weinenden Zwergen.

Er nahm sich einen Atlas aus dem Regal und blätterte. Wenn es Reste dieses Waldes noch geben sollte, dann mußten sie tief im Inneren des Landes liegen. Er studierte die Namen von Orten und Landschaften und da plötzlich hatte er, was er suchte. Es wurde auch Zeit, Nane zu treffen.

Nane war liebenswürdig mit ihrem Ehemann, sie war gut gelaunt. Und das nicht nur, weil sie ein paar Schnäppchen gemacht hatte, sie hatte die Vorstellung jetzt richtig genossen, mit der Ewald neulich angekommen war, in diesem Jahr gemeinsam Urlaub zu machen. Diesmal könnte wirklich was draus werden, allmählich glaubte sie daran. Sonst war er ja nicht vom Fleck zu kriegen. Er ließ sie schon mit einer Freundin in den Süden fliegen; wenn du unbedingt willst, dann mußt du wohl, ich hab Sonne genug.

Jetzt wollte sie ihm Spanien schmackhaft machen und wenn nicht das, vielleicht Italien. Kreta wäre ihr ebenso recht gewesen, nur raus mußte der Mann, mal in andere Luft! Gott sei Dank, sah er das ja nun selber ein. Sie machten aber auch wirklich wenig miteinander die ganze Zeit über, ein paar gemeinsame Tage oder Wochen würden ihnen sehr gut tun.

„Nach dem Essen gehen wir ins Reisebüro, ja, Waldi?"

„Von mir aus, ich glaub nur nicht, daß die das haben."

„Die haben eine Riesenauswahl, Waldi, die haben praktisch alles, was du dir vorstellen kannst."

„Dann ist es ja gut, es sollte mich nur wundern. Wir könnten meinetwegen aber auch auf blauen Dunst hinfahren, es ist ja nicht weit und finden tun wir bestimmt was."

Sie ahnte, daß es schwer werden würde mit dem Süden, er hatte doch schon wieder irgendwas im Kopf. Als er dann aber im Reisebüro zu allem immer nur nein und: wir fahren in den Spessart sagte, da war sie nahe daran zu heulen. Auf der Heimfahrt starrten sie beide, stumm und unzufrieden mit ihrem Tag, auf die vom Landregen benieselte Strecke voraus.

*

Pastor Dissen war, zunächst ohne das selbst zu bemerken, schon vom nächsten Tag an dabei, ein Heim zu schaffen. Er wohnte lange genug in dem Haus und mußte mit seiner Einrichtung und Gestaltung doch wohl zufrieden sein, sonst hätte er längst, was nicht nach seinem Geschmack war, ändern lassen können. Erst jetzt aber fiel ihm unangenehm auf, wie roh und unfertig vieles geblieben war in seiner Wohnung. Gleich beim Einzug hatte er die Sachen, für die er keine unmittelbare Verwendung hatte, provisorisch in ein hinteres Zimmer räumen lassen. Sie standen dort immer noch ungeordnet herum, wie die Packer sie abgesetzt hatten. Das störte ihn jetzt, und er fing an zu räumen und zu schieben, schleppte alte Stühle und Sessel, eine Truhe und diverse Schrankteile auf den Hausboden.

Er schaffte Platz. Er wischte und putzte und saugte Staub. Er legte auf die nackten Dielen in den leeren, weiß gestrichenen Raum einen Perserteppich, den er in seinem Wohnzimmer nicht mehr hatte haben wollen. So gefiel ihm das Zimmer. Es war streng, aber klar und hell, mit dem angenehmen Rot des zurückhaltend schwarz gemusterten Teppichs auf dem warmen Holzton.

Das ist Undines Zimmer, aber ja, natürlich, was sonst! Sie würde doch Raum brauchen für sich, wenn sie bei ihm war. Hier könnte sie nachdenken und schreiben, sich zurückziehen und für sich sein. Wie selbstverständlich er begonnen hatte zu räumen, er hatte sie bereits in sein Leben hineingenommen, hatte Platz geschaffen. Er wollte sie wohl wirklich, ja, er wollte sie! Festhalten wollte er sie mit beiden Armen und mit seinen eigenen zwei Händen, höchstselbst, dieses Mal ganz sicher, das war wie eine Fügung, für ihn bestimmt.

Er brühte sich einen Kaffee auf und setzte sich an seinen Schreibtisch. Immer noch hatte er dieses strahlende, feierliche Gefühl im Bauch. Eine Predigt wollte er ausarbeiten für den Sonntag danach, über die Liebe! Es ist nicht gut, daß der Mensch allein sei! Wie einfach, wie grundlegend und wahr war das doch! Den Ehestand würde er preisen, und das hohe Lied der

93

Liebe wollte er singen. Das Hohe Lied, na klar, das war's doch, damit würde er abschliessen.

Siehe meine Freundin , du bist schön,
schön bist du, deine Augen sind wie Taubenaugen.
Deine Lippen sind wie eine scharlachfarbene Schnur
und dein Mund ist lieblich, deine Wangen sind
wie der Ritz am Granatapfel, deine Brüste sind
wie zwei junge Rehzwillinge, die unter Rosen
weiden . . .

*

Undine war jedesmal aufgeregt, wenn sie nur an den Sonnabend dachte. Ihre Auswahl an Gedichten sortierte sie um und um. Einerseits wollte sie nicht geradezu Selbstzensur üben im Hinblick auf einen ohnehin nur vermuteten Geschmack, andererseits sollte sie es den Bargenhoopern auch bloß nicht zu schwer machen. Sie trat in Fürchtegotts Gemeinde ja nicht nur als Lyrikerin auf sondern gewissermaßen auch noch persönlich. Die anderen hatten es da leichter. Die reisten an, zogen ihre Show ab, um sie einmal richtig zu testen - zu was war die Provinz denn sonst gut, wenn nicht für Previews - und dann zogen sie ungerührt wieder ab. Sie würde bleiben!

An ihr würde auch hängenbleiben, was nach der Veranstaltung in den Köpfen präsent blieb. Ach, lieber würde sie nicht öffentlich lesen, nur Fürchtegott ihre Texte zeigen und sie mit ihm Wort für Wort durchgehen. Sie lebte und arbeitete viel lieber in Ruhe und Abgeschiedenheit, als in der Öffentlichkeit zu stehen; seit sie das Pfarrhaus in Bargenhoop gesehen hatte, wußte sie das gewiß.

Die Stimmung in der Gruppe war in letzter Zeit nicht mehr die beste gewesen. Hatten sie anfangs voller Begeisterung den Himmel offen und alle Chancen für sich gesehen, so war ihnen der Elan in einer Kette von Mißerfolgen nach und nach abhanden gekommen. Auch paßten sie eigentlich nicht gut zusammen, weder persönlich noch in ihrer Auffassung von Lyrik.

Als reine Zweckgemeinschaft hätten sie vielleicht weitermachen können, wenn die Gruppe ihren Zweck denn erfüllt hätte, das aber tat sie eben nicht. Und der große Durchbruch, der ihnen Zusammenhalt würde geben können, der war in Bargenhoop beim besten Willen nicht zu erwarten. Derek und Bertel störte diese Aussicht nicht besonders, sie wollten sich als Vortragende ausprobieren und das würden sie tun, weiter nichts. Undine wollte nicht groß darüber nachdenken und malte sich den Abend doch immer wieder aus.

*

Jonny Schippmann hatte die humane Lebendmausefalle bald zurecht gekriegt; ein bißchen klobig sah das Ding ja aus, doch das störte die Mäuse offenbar nicht. Jonny hatte, als Testphase für seinen Eigenbau, auf einem Spaziergang durch die Äcker das Fanggerät unter der Jacke zu Borstelmanns Feldscheune getragen. Dort schob er den Apparat, wie ein Hamburger doppelt beködert mit Speck und Käse, tief in eine Lücke zwischen zwei Strohballen. Dreimal mußte er nachsehen gehen. Am Nachmittag des zweiten Tages fand er gleich zwei Mäuse in seiner Falle. Kuck an! Einzeln hatten sie sich nicht getraut, deswegen hatte es bestimmt so lange gedauert. Doch sobald die erste drin gewesen war, da wollten sie wohl alle, was? Ganz sicher hatte, bis er reinkam, eine ganze Schlange vor der Blechtür gesessen und gewartet. Also war das mit den Doppelkammerfallen durchaus vernünftig gewesen, die hatten schon gewußt warum, die Alten.

Zufrieden nahm er die Falle auf und entließ die beiden Testmäuse wieder in ihr Biotop. Er wollte hier ja nichts wegnehmen, was ihm nicht gehörte, eher hätte er Hermann Borstelmann noch ein paar Mäuse dazugegeben. Das war überhaupt die Idee, falls Elsbeth Lammers Kater mal nicht mehr gegenan könnte, gegen den ewigen Mäusefraß, dann würde er eine kleine Völkerwanderung veranstalten, ganz sutje und Stück für Stück umschichten die Population vom Mühlenteich in Borstelmanns Mäuseparadies. So paradiesisch schienen die es allerdings denn doch nicht zu haben, unter dem Torbalken entdeckte er eine Reihe Gewölle. Dann eben ins Eulenparadies, das war ihm auch recht.

Nebenan in Jettes zukünftigem Paradies wurde fleißig gearbeitet, die meiste Zeit jedenfalls, nur die Bauherrin ließ sich nicht blicken. Jonny mußte alle naselang durchs Fenster plieren, ob nun wohl ihr Auto dastand, er war schon zu oft wie rein zufällig hinübergeschlendert, um bloß mal zu kucken. Den Malern war er reichlich auf die Nerven gegangen mit seinem Spionieren, sie wollten bei der Arbeit ihre Ruhe haben und bei den Pausen erst recht. Um ihn loszuwerden, hatten sie ihn gefragt, was er denn so dringend bräuchte, daß er ihnen ständig zwischen den Füßen herumlief. Sie würden ihm die Teppichreste schon einpacken, wenn er so scharf darauf wäre, er müßte das nur sagen. Sie hatten richtig kalkuliert, von da an blieb er weg, das war ihm doch peinlich.

Aber dann war es soweit. Jette rauschte mit ihrem Wagen den Mühlenweg entlang und bog schwungvoll in die Einfahrt ein. Nun bloß Konzentration. Die Kaffeemaschine war vorbereitet, acht Lot Kaffee und acht Tassen Wasser hatte er eingefüllt. Den Marmorkuchen von Martha, war ein Sonderangebot, das empfohlene Verkaufsdatum war überschritten, pulte er aus der Aluverpackung heraus und legte ihn auf einen Teller. Den Kuchen nahm er immer und der war ihm noch stets gut bekommen. Nun noch den adventskranzroten, dicken Kerzenstumpen anzünden, den er sich für Stromausfälle zur Seite gelegt hatte. Eine Tischdecke hätte er nehmen sollen, er hatte aber keine.

Bei Jette fiel er dem älteren Malergesellen sozusagen mit der Tür ins Wort. Just als er sie schwungvoll aufriß, um nicht als saft- und kraftlos angesehen zu werden, war der dabei, sich umständlich zu beschweren über den komischen Alten, der ständig ums Haus strich und in alle Ecken schnüffelte wie der Suchhund vom Mühlengeist.

„Meine liebe Frau Henriette Lüders, liebe neue Nachbarin, es ist mir leider bisher nicht gelungen, Sie anzutreffen, wenn Sie sich gerade einmal umgesehen haben nach dem Baufortschritt in ihrem neuen Heim. Die Leute sind ja im großen, ganzen recht fleißig. Aber jetzt möchte ich es mir doch nicht nehmen lassen, Sie auf eine kleine Tasse Kaffee einzuladen und auf gute Nachbarschaft!"

Da konnte Jette Lüders nicht gut nein sagen und kam auch gleich mit rüber an Jonnys festliche Kaffeetafel. Unterwegs, bei den paar Schritten, brachte Jonny es fertig, ihr mindestens dreimal zu erzählen, wie sehr er sich freue, daß sie nun in seine Nähe ziehen wollte, ganz bestimmt, und wie er gleich bei ihrem ersten Aufritt im Lindenkrug gedacht hatte, was für eine staatsche Frau sie doch wäre, nee wirklich, ich sag das nicht bloß so hin, eine richtige Erscheinung, und das hätte er in seinem ganzen Leben noch nicht gesagt, und er, als ein seebefahrener Mann, hätte schon so einiges gesehen, das könnte sie ihm wohl glauben. In seiner Bude sah sie sich dann so um, als glaubte sie ihm alles aufs Wort, und er mußte was von Junggesellenwirtschaft murmeln, und sie möge man nicht so genau hinsehen, auf Besuch wäre er normal eigentlich gar nicht recht eingestellt, um so schöner, daß sie nun gekommen sei.

Er nötigte sie zum Sitzen, schnitt den Kuchen an und legte zwei schöne Kanten auf zwei Teller, schenkte Kaffee ein, setzte sich selbst und sagte gar nichts mehr. Alles, was er ihr hatte sagen wollen, war schon aus ihm herausgesprudelt, wie Bier aus einem Faß, aus dem man den Spund herausgezogen hat. Wie er sich freute und so, da wußte sie ja nun gut Bescheid, das konnte er nicht endlos weiter aufsagen wie ein Kakadu. Lieber zehn Hundewachen nacheinander auf See, als so stumm rumzusitzen.

„Also auf gute Nachbarschaft, Frau Lüders!"

„Ja, das mein ich auch, Herr . . . , wie war doch noch der Name?"

Nicht einmal vorgestellt hatte er sich, warum war man bloß so ungeschickt in solchen Dingen. Aber das konnte er nachholen und nun erzählte er, daß er aus Hogenbüttel gebürtig . . . komischer Ausdruck nicht? Ja, das sagt man so, damit bekam er die Kurve in seine Lebensgeschichte, wenn sie davon was hören will, dann man los, und nahm sie mit durch die Welt auf seine Fahrten. Er schenkte Kaffee nach in Rio und legte Kuchen auf ihren Teller in Hongkong. Erst als er in Kapstadt mal wieder Atem holen mußte, unterbrach sie ihn.

„Das ist sehr nett, mit Ihnen zu plaudern, Herr Schippmann. Ich glaube, so langsam muß ich wieder rüber und nach den Arbeiten sehen. Die Leute sollen doch fertig werden, damit das mit der Nachbarschaft auch möglichst bald etwas wird, nicht?"

Und damit war sie auch schon aufgestanden und auf dem Weg zur Tür.

„Ich wollte Sie noch etwas fragen, entschuldigen Sie, einen Moment noch bitte. Am nächsten Sonnabend findet im Lindenkrug so eine Veranstaltung statt, Sie haben davon gehört, eine Dichterlesung, ja. Würden Sie mir die große Freude machen und mit mir . . ."

Schon halb aus der Tür sagte sie ihm, daß sie es sich überlegen wolle, und Jonny konnte sie mit einem: „Moment noch, ich hab noch was für Sie," gerade eben daran hindern, ohne sein selbstgebasteltes Geschenk wieder zu gehen. Auf dem Weg zu ihr rüber erklärte er ihr hastig die Funktionsweise dieser Falle, versprach die gefangenen Mäuse zu entsorgen, selbstverständlich, mach ich doch. „Sie sollen mit diesen Tierchen nicht mehr das geringste zu tun haben, versprochen!"

Wieder zu Hause und wieder bei sich, wußte Jonny nicht so genau, wie das nun eigentlich gelaufen war. Er konnte sowas einfach nicht, das hatte er nie gelernt, wo auch und wozu auch.

Aller Anfang war schwer, erst recht in seinem Alter, aber ein Anfang war jedenfalls gemacht.

DIE LESUNG

Das Dorf war gespannt, die Nachmittagsschläfchen weniger ausgedehnt als sonst, die Kinder ungebärdiger als gewöhnlich. Welche öffentlichen Feste gab es denn schon im Ort? Weihnachten, Ostern, Pfingsten, das waren private Ereignisse, nichts was im Dorf stattfand, da blieb man zu Hause. Drei Feiern hatten die Bargenhooper in ihrem Kalender vermerkt: Maifeuer, Kindervogelschießen und den Feuerwehrball, alles schön über das Jahr verteilt. Für das Feuer sammelten die Kinder und Jugendlichen vom Winter an Buschholz, das beim Knickputzen abfiel, und manch altes Sofa und manchen wurmstichigen Schrank. Wenn das Material nicht nur für einen Scheiterhaufen reichte sondern für zwei, und so hoch mußten die Haufen schon sein, daß man nichts mehr hinaufwerfen konnte, ohne daß es einem wieder entgegenfiel, dann gab es zu Ostern bereits ein Feuer. Um das Osterfeuer stand man dann so lange herum, vorne gebraten und hinten angefroren, bis man sich zuverlässig eine handfeste Erkältung aufgesackt hatte. Die ging bis zum Maifeuer durchs Dorf, faßte gewöhnlich bei der Gelegenheit neuen Mut und machte die Runde gleich noch einmal.

Für das Kindervogelschießen hatte sich eigens ein Festausschuß gegründet, der sich zu intensiven Vorbereitungen regelmäßig bei Ewald traf. Und dieser Gruppe ist der ausgelassene Frohsinn nach ausgiebigem Üben zum Schluss regelmäßig gelungen. Der Ausdruck Vogelschießen, der mehr aus Tradition beibehalten worden war, traf die Sache längst nicht mehr. Es wurde weder geschossen, noch marschierten Trommler und Pfeifer im Gleichschritt durchs Dorf, es handelte sich um ein ganz unkriegerisches Sommerfest, das alljährlich stattfand.

Einer vom Festausschuß wurde dazu verdonnert, von Haus zu Haus die notwendige Spendengrundlage einsammeln zu gehen. Davon sollte es zum einen den beliebten Altenkaffee geben am Nachmittag, zu dem auch immer einige ehemalige Dorfbewohner geholt werden aus dem Altenheim in Hogenbüttel. Und für die Kinder sollte das Geld sein, für Preise nämlich bei allerlei Spielen, und für die Preise der Erwachsenen auch. Die machten mehr oder weniger die gleichen Übungen am Abend, denn sämtliche Spiele ließen sich zurückführen auf eines der vier wohlbekannten Grundmuster: Sackhüpfen, Topfschlagen, Eier laufen und Dosen umwerfen.

Der Spendensammler hatte eine Liste mit, auf der alle hochherzigen Spender mit Namen und Spendenbeitrag eingetragen wurden. Damit jeder auch in Ruhe und genau sehen konnte, wieviel die anderen so gespendet hatten, und daß sich keiner lumpen ließe, enthielt diese Liste neben der Spalte für den Betrag noch eine für die Unterschrift des edlen Spenders. Das war natürlich bloß dafür gedacht, wie auf Befragen lang und breit erklärt wurde, um für jedermann völlig klar und deutlich sicherzustellen, daß nun aber auch überhaupt ganz und gar keine Möglichkeit bestände für die allergeringste Art von Manipulation. Weiter nix! Weißt Bescheid?

Der Ball der freiwilligen Feuerwehr im November oder Dezember rundete das Jahr ab und war der Höhepunkt der Bargenhooper Ballsaison, was ihm nicht schwer fiel, er war auch der einzige Punkt. Dafür war er bestens besucht und lang nicht so steif wie der Wiener Opernball. Der Saal im Lindenkrug war jedesmal so voll, daß die Herren, rücksichtsvoll wie sie waren, nach jeder Runde der Tanzerei den Raum verließen, damit ihre Damen wieder zu Atem kämen. Sie sammelten sich dann an Ewalds Tresen und genehmigten sich einen, bis die Dreimannkapelle auf's Neue loslegte und alle Mann in die Puschen kamen: Ja den Schnee-, Schnee-, Schnee-, Schneeewallzer tanzen wir! Du mit mir - ich mit dir . . .

So voll würde es heute wohl auch werden, aber ganz fein und auch mal ganz was anderes. Ewald hatte aus seinem Schuppen einen Stapel Holzelemente herausgekramt, die zusammengeschraubt einen Bühnenboden ergaben. Den hatte man mal vom Tischler Hagedorn in Wischkrog anfertigen lassen, als es noch eine Laienspielgruppe im Dorf gegeben hatte, die jeden Winter mit einem neuen Stück aufgetreten war. Das kulturelle Leben war doch recht erlahmt in den letzten Jahren. Auf diese Bühne stellte er zwei Tische quer, mit zwei schönen weißen Tischdecken darauf, und plazierte vier bequeme Stühle dahinter. Mikrophone und Lautsprecher hatte er nicht, das würde auch so gehen, so groß war der Saal ja nicht, und die Bargenhooper sollten ruhig mal richtig hinhören, viel sabbeln konnten sie schon gut genug. Einige Mühe machte es Ewald, eine brauchbare Sitzordnung für den

Saal zu finden. Am meisten Platz wäre gewesen, wenn er nur Stuhlreihen aufgestellt hätte, aber das wirkte steif und war unbequem. Wo sollten die Leute mit ihren Gläsern hin? Er war Gastwirt und kein Theaterbesitzer, er verkaufte Getränke nicht Plätze, die Kunst macht hoffentlich durstig? Und ein, zwei Stunden Kultur am Stück macht doch wohl wenigstens einen trockenen Hals! Also verteilte er Tische als Glasabstellstützpunkte im Raum und ordnete die vorhandenen Stühle mit lockerer Hand künstlerisch drumherum. Sollten es sich die Leute doch selber zurechtrücken und Gruppen bilden, wie sie wollten, er würde ihnen keine Vorschriften machen. Die große Doppeltür hinter der Bühne, die direkt ins Freie führt, räumte er sicherheitshalber frei. Nach dem Schlüssel für diesen Notausgang mußte er eine Viertelstunde lang suchen.

Die Gruppe Glencheck traf am späten Nachmittag mit dem Auto am Pfarrhaus ein. Undine sah bleich aus, wie sie auf Fürchtegott Dissen zuschritt, ihre beiden Begleiter wirkten unlustig, ja verdrossen.

„Wie ich höre, haben Sie ein hervorragendes Honorar für uns ausgehandelt, Herr Pastor Dissen", sagte der hoch unzufriedene Derek Scheinfoht, statt guten Tag, zur Begrüßung. Und Bertel Kühnast fügte hinzu: „Wir Künstler sind das Hungern ja gewöhnt, wie jedermann zu wissen glaubt. Nur das dumme Auto will immer Benzin saufen, wenn es laufen soll!"

„Ja, aber von einem Honorar war ja nie die Rede, ich meine, ich verstehe Sie ja, wir hätten dran denken sollen . . . Ich muß gestehen, daß ich darauf nicht von selbst gekommen bin, ist schon irgendwie . . . irgendwie beschämend."

Sie gingen gemeinsam ins Haus. Fürchtegott Dissen war zerknirscht. Ihm ging es ja gut, er hatte jeden ersten sein Gehalt, er konnte sich den Luxus leisten, seine freie Zeit der Literatur zu widmen. Wovon so ein armer Lyriker leben mochte, daran hatte er nicht einen Moment lang gedacht.

„Was sollen wir nun machen? Ihre Fahrtkosten und vielleicht noch ein wenig darüber hinaus könnte ich Ihnen wohl aus dem Gemeindefonds erstatten, für Kulturarbeit vielleicht, doch nun mit einer Forderung zu kommen oder jetzt plötzlich Eintrittsgeld zu verlangen, von dem nie die Rede war, das geht nicht."

Aber es war auch nicht allein seine Schuld. Die Herren waren ja keine Kinder mehr. Er hatte sich die Sache aufdrängen lassen, na auch nicht so ganz, mußten die sich dann von hinten bis vorn bedienen lassen?

„Und Sie hätten ja auch mal piep sagen können, bevor ich das alles in die Wege geleitet hatte, von irgendwelchen Bedingungen war nie die Rede, das muß ich schon sagen!"

„Es ist alles meine Schuld, es ist mir furchtbar peinlich. Ich war ja da mit Pastor Dissen bei diesem Wirt und habe nach einem Honorar nicht verlangt. Ich habe einfach die Chance gesehen, daß wir uns ohne großen Druck einmal in neuer Form ausprobieren könnten, wie Ihr beide das doch schon lange vorhabt. Und nun laßt Euren Frust bitte nicht länger an Fürchtegott aus, er hat sich für uns bemüht und kann nun wirklich nichts dafür!"

„Es ist ja gut, Schwamm drüber", sagte Derek Scheinfoht mit einem Mal ganz munter, „wir nehmen Ihre Fahrtkostenerstattung, oder wie Sie das nennen, sozusagen als Anerkennungshonorar an. - Aber dafür nehmen wir die Veranstaltung in die Hand und gestalten sie so, wie wir das wollen. Ich habe mir das folgendermaßen gedacht. Sicher wollten Sie uns am Anfang vorstellen und ein paar freundlich verbindliche, einführende Worte sagen, nicht wahr? Über das Wesen der Literatur im steten Wandel der Geschichte, ihren ewigen Wert und zeitlosen Gehalt, ihre Bedeutung für unsere Zeit pipapo, was? Genau das machen wir nicht. Kunst ist nicht erklärungsbedürftig, wissen Sie; sie ist, weiter nichts! Was Sie daran erklären können, ist nicht von Belang. Das ist keine Kunst, verstehen Sie? - Kein Gelaber, nichts hinter vorgehaltener Hand, nichts zwischen den Zeilen, bloß Text, der reine unverfälschte Text, Ihren Kontext können Sie behalten, ist das klar? Er gehört Ihnen, einzig und allein Ihnen, er interessiert mich nicht, und er tut nichts, aber auch gar nichts zur Sache! Deswegen behalten Sie ihn für sich! - Wir warten bis der Saal gut gefüllt ist, beziehungsweise eine Viertelstunde, dann gehen wir hinein, schweigend, und nehmen unsere Plätze ein. Wir sitzen einfach ganz ruhig da, ohne jemanden anzusehen, bis es still wird im Raum und die vorhandene Spannung zu greifen ist. Dann steht der erste von uns auf, meinetwegen kann er auch sitzen bleiben, nach Belieben, und liest oder trägt vor oder deklamiert seine

Texte, wie es ihm passend erscheint, und setzt sich danach wieder hin. Dann folgt der nächste und wenn wir durch sind, gehen wir wieder. Danach können Sie von uns aus eine Pause verkünden und ansagen, daß wir später zu einer Befragung zur Verfügung stehen, wenn es denn Fragen geben sollte. So machen wir das und nicht anders!"

Sie verständigten sich darauf, Undine anfangen zu lassen, ladies first, danach Scheinfoht, dann Kühnast. Fürchtegott Dissen blieb nichts anderes übrig als zuzustimmen, jede weitere Einrede hätte die Veranstaltung in Frage gestellt, einen Skandal wollte er nun ganz und gar nicht. Ob eine solch spröde, unvermittelte Begegnung bei seinen Gemeindemitgliedern ankommen würde, für die der Umgang mit Literatur nicht gerade eine Selbstverständlichkeit war, daran hatte er erhebliche Zweifel. Zudem wußte er immer noch nicht, was diese Leute eigentlich schrieben. Nicht einmal von Undine hatte er auch nur eine Zeile gelesen. Es war nicht mehr zu ändern. Still, teils konzentriert, teils bedrückt, aßen sie den Imbiß auf, den er vorbereitet hatte.

Über ihm hing das Verhängnis, was war das doch für ein sprechendes Wortbild, dachte Pastor Dissen, wie ein Zweizentner-Mehlsack, bereit ihn zu erschlagen oder nur ein bißchen einzustäuben.

*

Lisa war für alle Fälle bereits vor dem Abendbrot in ihr Schlitzkleid geschlüpft, was zwei unangenehme Konsequenzen hatte. Sie hätte kaum mehr als ein paar Happen essen können, sie brachte allerdings sowieso keinen Bissen hinunter, und ihre Mutter mäkelte die ganze Zeit an ihrem unmöglichen Aufzug herum. Vater Rathjen verordnete ihr schließlich eine Strickjacke für oben drüber, das konnte nichts schaden. Bei einem Spaziergang mit Kai nach der Lesung, würde es sie wärmen, solange wie nötig, und ihrem Dekolleté und dem Schlitz im Kleid machte die Jacke nichts. Bloß Kai ließ sich Zeit. Als nur noch eine gute Viertelstunde blieb bis zum Beginn der Veranstaltung, war Lisa nahe daran, ihren Vater zu bitten, doch mal bei Pinckepancks anzurufen und ganz hintenrum zu fragen, wie das wohl wäre.

Schließlich kam er doch, klingelte an der Tür und ließ Mutter Rathjen wissen, er sei parat und wenn Lisa so weit wäre und nicht noch was zu schminken oder zu kämmen hätte, dann sollten sie nun auch bei kleinem los, es würde langsam Zeit. Und deswegen wohl, blieb er gleich vor der Tür stehen. Nicht einmal Blumen hatte er mitgebracht für die Frau Mama. Wo war der bloß in die Tanzstunde gegangen. Eine grüne Cordjacke trug er zu Jeans und einem lila längs gestreiften Hemd. Krawatte hatte er natürlich keine umgebunden und weiße Socken hatte er an den Füßen in braunen Schuhen. Na warte, du sollst die lenkende Hand schon kriegen, die du nötig brauchst; das Outfit schrie ja nach einer Frau mit Geschmack, die ihrem Mann die Sachen aussuchte. Aber vielleicht war das in hamburger Künstlerkreisen ja auch gerade richtig so, so kanarienvogelartig. Bald würde sie das ja wissen und sie konnte gleich mal sehen, wie diese Poeten so gekleidet waren.

Der Saal war längst besetzt und alle Tische umlagert von den üblichen Gruppen, die sich schnell zusammengefunden hatten. Gleich vorne an der Bühne hatte sich die Gruppe um Borstelmann plaziert, die nichts verpassen wollte, wogegen sich gepflegt anstänkern ließe. Die Gruppe Kohfahl hatte sich am entgegengesetzten Ende des Saales eingerichtet, vor der Bar. Sie saßen großteils mit dem Rücken zur Bühne und schnackten ganz gemütlich was unter sich aus oder steckten die Nasen tief in die Gläser. Eine Hälfte des Saales war, wie von alters her in der Kirche, von den Frauen des Häkelbüdelklubs besetzt. Nur wenige zogen es vor, wie Elsbeth Lammers, drüben bei den Herren zu sitzen, wo Herbert Schnack, der Briefträger, und Hinni Knickrehm, der Küster, die ja von Berufs wegen mehr oder weniger mit dem Wort zu tun hatten, sich schon mal in Ausdrucksweisen übten, wie sie ihnen aus dem Fernsehen zu Ohren gekommen waren.

„Können Sie was sehen, Frau Butenschön?" rief Herbert hinüber, „wir sehen nämlich betroffen, daß die Bühne gar keinen Vorhang hat."

„Die ist ganz schön offen", fügte Hinni hinzu, „fragt sich, was das überhaupt für'n Auftritt werden soll?!"

Während auf der bunten Seite, die schillerte wie die Prachtfasanenausstellung des Geflügelzüchtervereins, auch nicht mehr ein Platz frei war, standen gegenüber, zwischen den schwarzen Anzügen, noch ein paar Stühle verloren herum. Kai watete zweimal hinein zwischen die Dunkelmänner und trug über dem Kopf einen Stuhl hinaus. Die konnten sie ganz in der Ecke gerade nebeneinander stellen. Kai überließ Lisa den Platz, auf dem sie ein bißchen besser sehen konnte. Sie nahm zum Dank seine Hand und ließ sie nicht wieder los.

Ewald Butenschön saß auf einem Hocker hinter seiner Bar. Er hatte ein Extrafäßchen angestochen und schenkte aus einer Minizapfanlage gleich ein halbes Dutzend Gläser auf mal an, immer mit einem kräftigen Schuß und dann behutsam nachgefüllt. Bevor das richtig losging, wollten alle fürs erste versorgt sein. Das war Arbeit und dauerte seine Zeit. Aber es dauerte auch lange, bis die Herrschaften erschienen. Als Ewald auf seine Uhr sah, war es viertel nach acht. Pastor Dissen kam durch die Saaltür herein, schloß sie hinter sich und ging Halt suchend zu Ewald hinter die Bar.

„Schnaps, Herr Pastor?" Ewald schenkte ihm einen alten Aquavit ein. Dissen sah so grau aus wie Erlkönig nach dem Fall, nun war Ewald doch in Sorge, daß das ganze irgendwie geplatzt sein könnte. Angekommen waren die doch in Bargenhoop, das hatte er jedenfalls gehört.

„Ist was, Herr Pastor? Soll ich den Leuten irgendwas sagen?"

Dissen schüttelte nur den Kopf und hielt ihm das leere Glas hin. Während Ewald ihm randvoll einschenkte, ging die Tür wieder auf und die drei Künstler des Abends bewegten sich durch den Saal wie über ein Halmabrett zur Bühne. Derek Scheinfoht, der lang und dürr war, was er durch eine voluminöse Steppweste von erstaunlicher Länge zu bemänteln suchte, drückte sich einfach quer hindurch, während Bertel Kühnast sich wohlbeleibt über den Köpfen wie eine Boje hin und her bog in seiner schwarzen Lederjacke. Er kreiselte um die Tische herum zur Bühne. Undine mit dem langen, roten Haar, in einem noch feuerroteren Kleid, ging mit halb geschlossenen Augen und gesenktem Blick, Fuß vor Fuß. Man machte ihr bereitwillig Platz. Steif setzten sie sich an den langen, weiß gedeckten Tisch, legten ihren Ordner oder den Stapel Papiere sorgsam vor sich hin und erstarrten.

Das Publikum im Saal des Lindenkrugs war schon bei diesem Auftreten ruhig geworden, die brauchten keinen Vorhang, weiß Gott, doch jetzt sahen alle ungläubig nach vorne auf diese Demonstration von . . . ja, von was?

Wer, außer Fürchtegott Dissen, hat schon einmal im Geist eine Minute Stille abgezählt: eins und zwei und drei und vier und fünf und sechs und sieben und acht und neun und zehn und elf und zwölf und dreizehn, vierzehn, fünfzehn, sechzehn, siebzehn, achtzehn, neunzehn, zwanzig, einundzwanzig, zweiundzwanzig, dreiundzwanzig, vierundzwanzig, fünfundzwanzig, sechsundzwanzig, siebenundzwanzig, achtundzwanzig, neunundzwanzig, dreißig, einunddreißig, zweiunddreißig, dreiunddreißig, vierunddreißig, fünfunddreißig, sechsunddreißig, siebenunddreißig, achtunddreißig, neununddreißig, vierzig, einundvierzig, zweiundvierzig, dreiundvierzig, vierundvierzig, fünfundvierzig, sechsundvierzig, siebenundvierzig, achtundvierzig, neunundvierzig, fünfzig, einundfünfzig, zweiundfünfzig, dreiundfünfzig, vierundfünfzig, fünfundfünfzig, sechsundfünfzig, siebenundfünfzig, achtund „ Ähm . . .meine sehr verehrten Damen und Herren darf ich Ihnen vorstellen, Frau Undine Achzger-Blend und die Herren Bertel Kühnast rechts und Derek Scheinfoht links, bitte!"

Kühnast sah Dissen bitterböse an für diesen Übergriff, diese Anmaßung, mitten in die wachsende Konzentration hineinzuplatzen mit dieser überflüssigen Vorstellung. Er hätte ihm gern ein paar passende Worte gesagt, aber nun ja . . .

Als es langsam anfing wieder unruhig zu werden, mit Hüsteln und Füßescharren im Saal, sah Derek Scheinfoht Undine kaum merklich von der Seite an und sie begann zu lesen.

CENTO

Zykloide Zysten in Trance, plutonische Tranquilizer,
aber Holz arbeitet anders und verzieht sich doch auch gern,
schneidet den Kiefer entzwei, jetzt wohnt mir im Mund,
Ihr seid reine Ideen, blutet nicht, kotzt nicht.

Hirn, du Löschblatt, fliegendes, die Landschaft schlägt durch,

< ich bin doch kein Astloch>, ruft die Frau,

Kaum Zeit, die Augen, die Hand zu öffnen, du Krokus,

du Hundertschaft bartloser Bereitschaftspolizisten.

Ist das eine Leistung? Hetzen, bleiben, weiterhetzen,

was fliegt, sind Untertassen, mit Goldrand.

Sollten wir wirklich im Sommer nochmal?

Die Wohlmeiner treten ans Lager,

erfinden Sätze vom Suchen.

Feine Dünste, Dunkelheiten, Gespräche kreisen zirkumpolar,

ein Mensch kann eine Zeitlang davon leben - klebrige Stille,

salzige Stille, aus allen Richtungen. Redet mit ihm.

Er sieht ein die Notwendigkeit, nichts zu überstürzen.

Nach dem eintönig und mit leiser Stimme vorgetragenen Text, den die Lyrikerin mehr zu sich gesprochen als an den Saal gerichtet hatte, war es eine peinlich lange Weile still. Man sah angestrengt vor sich hin, auf die Schuhe oder in sein Bierglas. Pastor Dissen rieb sich die schweißnasse Stirn, Ewald Butenschön stierte verloren aus dem Fenster, als hallten ihm die Verse noch zwischen den Ohren und Hinni Rathjen rollte seinen Schlips um den Zeigefinger, immer auf und ab, bis ihm das zu dumm wurde und er herausplatzte, um nu bloß was zu sagen: „Könnten Sie das noch mal lesen, nur vielleicht langsamer und auch mit etwas mehr Betonung, daß man das Ganze dann eventuell besser . . .“

In die fragende, bittende Pause fuhr Derek Scheinfoht vehement hinein mit seinem Startext *Meeresküste 5*, was brachten ihm schließlich Wiederholungen, Schlag auf Schlag mußte das gehen, keine Zeit zum Luftholen, einer nach dem anderen müßten sie aufspringen, ihren Text rezitieren, daß es nur so krachte, bis sie nach Luft schnappten, die da unten, wie die Karpfen im Bottich und um Gnade bäten, abgelehnt, Euer Ehren! Wenn es nach ihm ginge, dann ginge das nur so, ohne Pause prasselnd, immer auf die Ohren und rein in die Köpfe, ein Ohrenblasmarathon ohne Ansehen der Person, bis die Verse ihre Abdrücke hinterließen unter dem Schädeldach, genau so:

Unsichtiges Wetter! Unsicheres Fahrwasser!
Und unvorsichtig gelesen, John Mehnert,
War die Betonnung immer falsch . . .

Da riß Undine Achzger-Blend den Gestikulierenden an seiner Weste wieder auf seinen Stuhl herunter und sprang selbst auf und deklamierte ihr Gedicht noch einmal, überlaut diesmal und überdeutlich:

Züühkloiede Züß'tenn in Tranngs . . .

und so weiter und so schrecklich die Verse hindurch bis ans Ende fort.

Als es vorbei war, hatte Pastor Dissen sich als erster gefaßt und versuchte mit weit vorgestreckten Händen und unter aufmunternd in die Runde gehendem Nicken, einen Beifall zu inszenieren. Haute lustig die weichen, weißen Händchen zusammen, immer zwei Schläge pro Sekunde, klappeinundklappzwanzig, wie ein Uhrwerk, bis endlich ein paar andere einfielen und das Gepladder fülliger machten.

Nur Hermann Borstelmann griente breit und fing nach und nach glucksend an zu lachen. Er wußte, das war Show, man wurde erstmal kräftig auf den Arm genommen von irgendwelchen Witzbolden, genau wie im Fernsehen, das war heutzutage ja oft so! Richtige Clowns waren das, wie Akrobaten irgendwie, wenn es das gab mit Sprache, die machten einen man eben so schnickschnack ganz dumm im Kopf und lachten sich dann kaputt, wenn man das nicht selber merkte. Aber der Dichter kommt erst noch dran, der in der Lederjacke, mit den langen blonden Haaren, der war wohl echt, der sah ganz nach armem Poeten aus. Einen Hermann Borstelmann legt ihr nicht rein, ihr junges Gemüse . . . un wenn, denn passiert wat!

Undine Achzger-Blend hatte sich, zu Tode erschöpft wie es aussah, wieder auf ihren Stuhl gesetzt und rieb sich mit beiden Handflächen über die Augen. Eine neue lange und peinliche Pause, nachdem der spärliche Beifall sich ausgeklappert hatte, gab es diesmal nur deshalb nicht, weil Derek Scheinfoht es kaum abwarten konnte, die *Meeresküste 5* noch einmal an das Publikum zu bringen. Diesmal hinderte ihn nichts und niemand an einem wildbewegten Vortrag. Hoch ging die See, der Sturm brauste mordgierig und der Dampfer *Schwalbe* hatte auch noch Feuer an Bord, als ein offenbar delirierender Steuermann an Backbord eine rotgelbgrüne Ampel sah und an Steuerbord eine, die war lilaorangetürkis. Da war Holland in Not und natürlich bloß noch fünf Minuten bis Buffalo. Klar wurde das nichts mehr. Man konnte es sich gleich denken, daß er unter diesen Umständen den Kasten auf Grund setzen würde, und so kam es dann auch. Der Steuermann, ein gewisser John Mehnert, kam, was'n Wunder, in den Flammen um, alle andern an Bord konnten sich mit knapper Not retten. Sein nächster Text, auf den man sich gar keinen Reim machen konnte, hieß, wenn man das richtig gehört hatte: WehwehwehPunktElendPunktdeeh und genau so klang er auch. Um noch seltsamere Dinge ging es in anderen Gedichten, um Beerenweiblein mit gar nicht geteilten Arschbacken oder um Nylonnymphen, Antillen oder Tortilla, Kometen, Kreischen und Dröhnen, um Leben und Sterben und um alle Arten Stille. Meist wußte man überhaupt nicht, worum es ging, aber immer ging es Schlag auf Schlag, bis Scheinfoht sich unversehens wieder hinsetzte und eine Pause eintreten ließ, in der das Publikum weiter ungläubig nach vorn starrte, als lösten sich die Worte wie Morgennebel erst allmählich auf. Da erhob Pastor Dissen sich von seinem Hocker.

Er drückte sich durch die Reihen zum Podium und begann schon unterwegs, seinen Dank auszusprechen an die anwesenden Lyriker, die Lyrikerin, sowie natürlich auch an das zahlreich erschienene Publikum, das bisher schon, in ebenso dankens- wie bewundernswerter Konzentration, den ja doch teils schwierigen Texten, die nur so vom Hören aufzunehmen schon eine Leistung für sich sei, gefolgt war, verband seinen recht herzlichen Dank mit der Bitte, ihm bis zur sicherlich sehnlichst erwünschten Pause, nach der Herr Bertel Kühnast seinen poetischen Beitrag leisten würde und auch noch Gelegenheit bliebe zu einer ausgiebigen Aussprache, für seine eigenen bescheidenen Versuche einen Moment Gehör schenken zu wollen.

„Pass op, wat wi di schenk' ", rief Borstelmann da, "Ewald schenk een in, ik geew ne Runde ut!"

Und alles stand erleichtert auf, schüttelte die Beine aus wie nach einer übergroßen Anstrengung oder beglückwünschte Borstelmann zu seiner hervorragenden Idee. „Du büst doch anners ni so spendabel, Hermann!?"

Dissen, der seine Dankrede gerade so lang gehalten hatte, bis er seinen Platz auf dem Podium glücklich erreichte, um von dort oben unverzüglich loszulegen, warf resigniert seine Manuskriptblätter auf den Tisch.

„Tja, liebe Freunde, da werden wir wohl warten müssen", suchte er seine Gäste aufzumuntern, doch die waren fix aufgestanden und schlenderten hinüber zu Borstelmann. Dissens Zettel hatte Bertel Kühnast an sich genommen und schmökerte, während er auf sein Getränk wartete, interessiert darin herum.

Ewald hatte gut zu tun, die ganzen Biere anständig zu zapfen. Und Nane, die wegen des kulturellen Ereignisses gekommen war, half ihm bei dieser besonderen Gelegenheit und schenkte Köhm aus in eine Reihe Gläser, die Henning und Heiko ständig verlängerten, bis der Tresen zu Ende war.

„Das ist aber mal großzügig, Frau Butenschön, Sie sollten öfter in der Wirtschaft aushelfen. Ewald hat gesagt, wenn Hermann das Bier ausgibt, spendier ich den Köhm!"

Da stellte Nane den Schnaps wieder hin, nahm die Kirschbuddel an sich und ging zurück an den Tisch mit ihren Damen.

„Wenn di as Pankoken utgiffst", sagte Borstelmann und klopfte Bertel auf die Schulter dabei, daß es krachte, „ denn warst as Pankoken opfreten! Versteihst mi?"

Kühnast verstand nur Pfannkuchen und ausgeben und nickte geistesgegenwärtig mit dem Kopf, ein Paar Würstchen mit Brot wären ihm lieber gewesen. Mehr als ein Bier in die Hand und einen Korn dazu bekam er dann nicht. Das war mal wieder typisch, aber was sollte man von diesen Hinterwäldlern schon anderes erwarten als Sprüche und nix dahinter. Und dieser Dissen schrieb einen Scheiß, daß es ein Schwein grauste; hohles Pathos und billigste Anbiederungen, wie Spielkarten gemischt. Und dann teilte er seinen Weisheitseintopf aus wie ein Feldkoch seine Erbsensuppe, klatsch mit der großen Kelle, immer druff auf die Teller. Wie soll da unsereiner noch Satiren verfassen, wer traute sich schon, so dick aufzutragen wie dieser Wortsalbader, dieser Faselhase. Dissen Ding der Unmöglichkeit, mein Lieber. Den kannst du schreibend nicht überbieten, den kannst du höchstens niedermachen, indem du ihn vorträgst, mit diesem mitmenschlichem Schmelz in der Stimme, mit moralisch gut abgehangenen Mundwinkeln und protestantisch streng waagerecht gerunzelter Stirn. Ein Happening sollte man machen hier und keine Lesung. Mit Wortfilz sollte man überhauben die ganze Versammlung und mit Deutfett einschmieren ihre Begriffe, daß es ungemein glitscht in den Köpfen; ein Kunstgerodel runterjubeln, eine Unschlittfahrt bei freiem Eintritt, Ende offen. Ja lectu mihi mors, Pfannkuchen!

Fürchtegott war zu Undine gegangen, um sie zu trösten, wenn sie Trost brauchen sollte. Er hätte aber gar nichts zu sagen gewußt. Seine schweigende Gegenwart, eine Hand legte er auf ihre Schulter, verstand sie als bewußten Verzicht auf Kritik, nahm es als bedingungsloses Angenommenwerden. Dafür war sie ihm dankbar. Wenn er auch sonst bisweilen unbeholfen war, er war sicher grundgütig und verläßlich. Das wollte sie höher schätzen als alles andere.

„War das nicht urkomisch? Ich mein, ich versteht ja nichts davon, aber wenn das Literatur war, ich mein Dichtung und so, dann haben die hier schon Jahrhunderte drauf gewartet wie auf nichts Gutes. Hast du gesehen, wie sie gekuckt haben, Kai? Wie Großbauern im Gewitterregen beim Heueinfahren!"

„Sie konnten sich keinen Reim darauf machen und das hätten sie so gern, immer schön einen Reim an jede Zeile, da weiß man doch, was Kunst ist und was nicht."

„In Hamburg hätten sie das verstanden, nicht Kai?"

„Überhaupt nicht, aber da hätten sie so getan als ob."

„Dann meinst du Kai, daß nur die Dichter selber verstehen, was sie geschrieben haben?"

„Ne, das nun ganz bestimmt nicht! Wenn sie verstünden, was sie tun, dann ließen sie es augenblicklich sein. ‚Denn sie wissen nicht, was sie tun', verstehst du Lisa, das ist die notwendige Voraussetzung für Übergriffe aller Art. Sonst würde ich mich da auch hinsetzen."

„Du schreibst auch? Das ist ja toll!"

„Bloß, ich lese es nicht öffentlich vor. Das ist nicht toll, aber verantwortungsvoll."

„Aber lustig ist es doch! Nur diese Rothaarige tut mir leid, die ist nicht gut angekommen, die sieht ganz bleich aus. Die andern beiden amüsieren sich. Dieser . . . dieser Dingsfuß säuft wie ein Bierkutscher."

Derek Scheinfoht hatte zum ausgegebenen Bier noch einen Schnaps verlangt, zum Nachspülen. Also einen Korn, hatte Ewald gesagt, ein Schnaps ist bei uns normalerweise ein Korn, es könnte aber auch ein Köhm sein, und hatte ihm dann die Reihe lang gezeigt, was sie alles noch hatten: Weinbrand, zwei Sorten, Whisky und Whiskey und Bourbon, was Sie wollen, Wodka und Gin und Obstschnäpse, die Spezialität des Hauses, Kirsch, Pflaume, Birnenschnaps, Obstler, ein Aprikosenbrand, Calvados und. . .

„Geben Sie mir irgendeinen, was weiß ich."

„Sie können sie ja durchprobieren, bis Sie das richtige gefunden haben."

Ewald Butenschön war hilfreich wie immer, wenn einer sich nicht zurechtfand in seiner Reichweite, und schenkte sein Sortiment aus, bis Derek Scheinfoht abwinkte mit dem Bemerken, sie wären eigentlich alle gut, aber nun auch viel, ganz viel, reichlich viel, viel zu des Guten zu viel.

„Und damit genug, Herr Wirt, beehren Sie uns bald mal wieder nur nicht jetzt nicht mehr, Herr Wirt."

Und das hatte Ewald längst eingesehen, bloß dieser Gast kapierte nicht, konnte sein Glas einfach nicht in der Hand halten oder die Hand darüber. Er mußte es immer wieder hinstellen, direkt vor die Buddel, klack, was sollte Ewald machen, er war doch nun mal Gastwirt.

„Schenk in Ewald, een opp mi", sagte Kohfahl als er an der Reihe war, er war doch schließlich kein kleinerer Bauer als Borstelmann, er war bestimmt nicht schlechter gestellt, das sollte man sehen, „eh dat se wedder anfangt to lesen, dat höllst du ja in Kopp ni ut, wat vör'n Oppstand üm de poor Wöer!"

112

Bereden mußte Ewald die anderen, Herbert Schnack und Knickrehm und noch ein paar, die partout auch ne Runde ausgeben wollten, vertrösten auf nachher, da war genug Zeit, sich die Hucke voll zu saufen. In den Keller mußte er auch noch, eine Flasche Sekt zu holen, die Jonny seiner neuen Nachbarin kredenzen wollte mit Knalleffekt. Doch so gefiel es Ewald, das war Leben in seiner Bude. Schade war nur, daß er keine Gelegenheit hatte, den Dichtern mal in ihre Papiere zu sehen, mal eine Strophe so Wort für Wort durchzusehen. Bei ihrer Vortragsweise rauschte das viel zu schnell vorbei. Diesen Scheinfoht hätte er gerne um einen seiner Texte gebeten, aber der war doch schon vor dem Trinken nicht mehr ansprechbar gewesen. Mit der neuen vom Pastor würde er bestimmt noch mal reden können über ihre zykloiden Zysten, komischer Einfall, damit sollte sie bloß nicht beim Arzt hausieren gehen, der verschreibt sonstwas, wovon ihr erst recht schlecht wird. Das mit dem: Ich bin doch kein Astloch, sprach die Frau, das war nicht schlecht gesagt. Hoffentlich hast du die Ohren gespitzt, Paster, ich glaub du neigst zum Hölzernen, dabei bräuchtest du sie nur mal anzusehen, aber die wird sich schon bei dir bekannt machen, paß man auf. Daß es demnächst öfter solche Veranstaltungen bei ihm geben würde, glaubte er allerdings nicht. Das war mehr Flohzirkus, da ging man auch alle zehn Jahre höchstens einmal hin, die Attraktion hielt sich in Grenzen. Trotzdem hatte es sich gelohnt, man konnte den Bargenhoopern mehr zumuten, als er gedacht hätte, die standen allerhand durch. Nur ob der Pastor mit seiner Initiative noch recht glücklich war, das war wohl zu bezweifeln. Hoffentlich ging es ihm nicht zu sehr nach, das ganze Remmidemmi hier, so unrecht war er ja nicht, eigentlich gar nicht. Mit dem sollte er auch noch mal in aller Ruhe reden, irgendwann einmal.

Derek Scheinfoht hatte sich zu Lisa in die Ecke gesetzt, mit geschlossenen Augen und wackelte auf all ihre Fragen mit dem Kopf, bis er gegen die Wand gelehnt einnickte.

„Eine schöpferische Pause", meinte Kai, als er mit zwei Gläsern Vermouth zurückkam, „ganz unverkennbar eine schöpferische Pause, hab ich auch manchmal. Wenn man daraus erwacht, weiß man, was man kurz vorher falsch gemacht hat."

Lisa sah ihren Kai knapp von der Seite an, witzig war er, aber ein wenig leichtfertig schien er ihr auch zu sein, wenn er so redete. Und ernsthaft sollte ein Mann ihrer Meinung nach schon sein, das kam gleich nach lustig.

Bertel Kühnast bewegte sich allmählich, mal hier nach den Schönen des Landes sehend, mal da jemandem, der seinen Blick suchte, zunickend, zur Bühne zurück. Er wollte unbedingt der erste sein und vor Pastor Dissen zu lesen beginnen. Er stellte sich hinter die Tischreihe, hielt Dissens Blätter weit vor sich und fixierte diesen und jene, wem immer er einen gewissen Einfluß zutraute. Als das nichts half und der Pastor von der Theke schon hersah und sichtlich losstarten wollte zu ihm herüber, fing er einfach an zu lesen, halblaut und betont gleichförmig. Die in der ersten Reihe zischten und riefen: es geht weiter, nun seid doch mal ruhig. Pastor Dissen, das sah er aus den Augenwinkeln, war an der Theke geblieben und überließ ihm den Anfang. Also begann er nach einer kurzen Pause von neuem. In die Stille und Erwartung hinein sprach er den ersten Satz. Er sprang kantig vom Haupt- zum Nebensatz, indem er vom routinierten Tonfall eines Nachrichtensprechers, der ja allein schon die Meldung beglaubigt, zur Einzelanlieferung von Worten überging. Stellte den Text stückweis in den Raum, nahm die Wörter widerstrebend in den Mund wie ein Kind die ungeliebten Spinathappen und gab dem ganzen, mit einem feinen kleinen Schlenker die Betonung: seht euch das an! Zwischen die vereinzelten Wörter streute er chi - chi - chi Ausrufezeichen von unterdrücktem Kichern. Das wirkte vorhersehbar ansteckend.

„Fährst nicht auch du schon mal aus der Haut. Gerätst nicht auch du gelegentlich ins Trudeln, daß klatschender Absturz droht und peinliche Bauchlandung? Wenn wieder einmal, wie so oft, der Alltagsstrudel dich ins Rotieren bringt, dann halt dich an! Wenn wieder wer just so nicht wollen will, wie du wohl willst, dann fasse dich, Mensch!"

Als er aufsah, stand Pastor Dissen aschfahl an die Theke gelehnt.

„Nichts ist schlimmer, als den Überblick zu verlieren, wo alles in Action ist, da kriegt die Ich-Flamme leicht das Zittern."

„Trink'n Schnaps, denn vergeht dir das Zittern!"

„Da lerne Du einhalten, Menschenskind! Such Dir Kirche, bevor du leichtfertig auffährst, fädele dich ein Menschenfreund."

„Langes Fädchen, faules Mädchen!"

„Wer hat nicht Anspruch auf Arbeit und Brot, Abend- und Morgenrot, Medizin und Erkenntnis, Dach und Fach. Da drängelst Du dringlicher als Dein Nächster und weißt doch nicht, ob nicht er die ersteste Hilfe braucht und Dir die zweiteste Genüge täte."

„Dat is dat dritteste, wat ik hör", rief Kohfahl dazwischen. Und Herbert Schnack mit seinem: „Hättest Dich man eher einfädeln sollen", konnte man kaum noch hören im brausenden Gelächter.

„Je näher daran, um so dringlicher wird dir die Einsicht: Halte ein bei Rot, sonst läufst Du Gefahr, unter die Räder zu kommen."

Bei diesem Verkehrshinweis mußten die ersten sich zuckend vornüber beugen, als dürfte man ein solch unverschämtes Lachen nicht zeigen öffentlich.

„Ja, Nächstenliebe ist ein heißes Thema. Es will doch keiner gemein sein. Brauchen wir nicht, wie die Luft zum Atmen, Menschen, die uns nehmen, wie wir sind?"

Ja, ja, jaa! Borstelmann und seine Frau, die sich in die Arme fielen, wie seit Jahren nicht, sie konnten es nur bestätigen. Sie wären vor Lachen glatt umgefallen ohne einander.

„Verlangt Dich nicht auch das Du im Ich? Willst du nicht gewahren das Ich im Du? Gib es doch zu, nichts Aufregenderes ist unter der Sonne als der Mensch, das reizende Tier! Wir wollen doch gar nicht sein wie die reißenden Wölfe!"

Da stimmten Heiko und Henning ein zustimmendes Wolfsgeheul an, in das bald andere einfielen. Selbst das anhaltende Gelächter kam gegen das Gejohle nicht auf. Undine nahm Fürchtegott beim Arm und führte den Zitternden wie einen Schwerkranken aus dem Saal.

„Aber wie . . . aber wie", Kühnast brauchte Zeit, bis er sich in dem Lärm wieder durchsetzen konnte, „aber wie die gurrenden Täubchen auch nicht!"

Gurren konnten sie bei weitem nicht so gut wie heulen, das macht irgendwie einen rauhen Hals und ein rauher Hals macht Durst und Durst verlangt eine zielgerichtetere Lautäußerung. So gelang es Kühnast schneller wieder zu Wort zu kommen. Er war auch aufgestanden inzwischen und suchte nach Kräften, das Gelächter in angemessene Lesepausen zu dirigieren.

„Nächstenliebe ist Pflicht, sagst Du wohl auch und denkst an die attraktive Nachbarin dabei, Du Schelm! Du sollst aber das gebrechliche Mütterchen lieben, den mißratenen Sohn, den Firmentyrannen. Das geht so einfach nicht, da tun wir uns schwer. Aber Eigenliebe ist auf die Dauer anstrengender als dies, seinen Nächsten zu lieben. Es befriedigt am wenigsten und der Nächste liebt doch auch zurück."

Das gab noch einmal ein Auflachen, aber es schwemmte sie nicht mehr weg wie eine Welle in heillosem Gelächter. Man rieb sich die Augen, trocknete Lachtränen, zuckte ein- zweimal nach und sah doch auch schon wieder verstohlen rüber zum Nachbarn, ob das denn wirklich so komisch war.

Bertel Kühnast, der die abflachende Stimmung im Saal von der Bühne her wohl einschätzen konnte, beschloß, es genug sein zu lassen mit der Realsatire.

„Das, meine sehr verehrten Damen und Herren, war ein Text Ihres hochzuverehrenden Herrn Pastors Fürchtegott Dissen, wie er so oder so ähnlich jeden Samstag im Hamburger Stadtblatt zu lesen ist. Ich finde, so wie ich ihn gelesen habe, sollte er immer gelesen werden. Es freut mich, daß Sie sich so gut dabei amüsiert haben".

Damit setzte er sich hin und sortierte noch einmal seine eigenen Texte durch. Was er nun aber lesen sollte, wurde ihm immer fraglicher, denn es wurde still im Saal. Man sah sich um nach Pastor Dissen. Außer Ewald hatte keiner Undines und Fürchtegotts Abgang bemerkt. Kohfahl kratzte sich am Kopf und kuckte Borstelmann an, Borstelmann blickte sich um in der Runde und alle sahen verlegen vor sich hin, rieben sich die Hände oder scharrten mit den Füßen. So ging das ja nun nicht, alles was recht ist. Über die Kirche konnte man sich ruhig lustig machen, warum nicht, das war ja niemand bestimmtes. Bloß den Pastor, mochte er sein, wie er wollte, mit seinen eigenen Worten verscheißern, das war was anderes. Und dann war er ihr Pastor. Wenn sich jemand über ihn lustig machte, dann sie, aber nicht so! Und außerdem hatte er sie hinters Licht geführt, dieser Schreiberling, hatte so getan, als ob das sein Text wäre. Mit verstellter Stimme hatte er vorgelesen, wie Kasper mit dem Krokodil spricht, bevor er es verdrischt. Saukomisch war es ja gewesen, aber gemein. Den armen Paster hatte er reingelegt und sie gleich mit.

„Es gibt auch Grenzen im Humor", fand Hinni Knickrehm.

„Den guten Geschmack!" behauptete Rathjen.

„Darüber läßt sich trefflich streiten", hatte Herbert Schnack mal sagen hören. „An sich darf der Satiriker ja wohl so ziemlich alles, sagt man."

„Er muß es bloß abkönnen!"

„Meine Damen und Herren, ich lese Ihnen jetzt zum Abschluß aus meinen eigenen Werken", hatte sich Bertel Kühnast endlich entschlossen, dem die Stimmungswende doch zu schaffen machte, „ den Gedichtzyklus *Daun-Ander*, der auf meiner letztjährigen Australienreise entstanden ist. Er beginnt mit einem experimentellen Text, eigentlich ist er gedacht für zwei widerstreitende Stimmen: *Out=Back.*

Er stand auf und hielt seine Blätter, eitel wie nur je ein Fehlsichtiger, der sich nicht zur wohltuenden Brille bequemen will, mit ausgestrecktem Arm so weit als möglich von sich weg.

In seinen effektvoll geplanten Einsatz hinein rutschte Derek Scheinfoht die Wand hinab vom Stuhl. Mochte das auch die letzte Möglichkeit für ihn gewesen sein, ein Zeichen zu setzen an diesem Abend, es war ein unkollegialer Zeitpunkt. Ewald und Kai brachten ihn hinaus aus dem Saal und setzten ihn sicherheitshalber neben der Musikbox auf dem Fußboden ab. Bertel Kühnast hatte gewartet bis wieder Ruhe einkehrte.

Out=Back

Wehmütig erklomm der Koala

den letzten Apokalyptus!

„Ne, dat nu ni! Nu is Schluß mit lustig, Apokalyptus, den letzten Apokalyptus, nu hett sick dat, nu is dat nog!" Hermann Borstelmann sprang auf und schnappte sich Kohfahl an der Schulter, „ komm Karl Heinerich ", dann gingen sie so breitbeinig entschlossen wie möglich auf die Bühne und nahmen den blonden Jüngling unter die Arme.

„Weet een, wo sien Auto steiht?"

Das sagte ihnen verwirrt Derek Scheinfoht, der sich aus der unangenehmen Lage auf dem kalten Fußboden an der Wand hochgerappelt hatte, nur um in die nicht weniger unangenehme Lage zu kommen, aus der Gastwirtschaft zur Harmonie hinausgeworfen zu werden.

„Eukalyptus, dat heet Eukalyptus, Eu as Heu versteihst Du", dröhnte Hermann Borstelmann Kühnast ins Ohr und wiederholte ihm das noch mal zum Mitschreiben, „ dor kannst Du uns ni mit anföhrn, Du Pankoken, versök dat annerworns ober ni in Bargenhoop, dat hett sick utkalyptust!"

Bertel Kühnast war nüchtern, aber ihm war übel vor Schreck und Wut, und Derek Scheinfoht war gottsschlecht, aber es fiel ihm nicht ein warum. Eines wollten sie sich merken: nie wieder Provinz!

Ohne störende Einflüsse von außen, durch Kunstwerke oder sonstwas, wurde es noch ein recht heimeliger Abend.

„Wi schulln man dat Theaterspeeln wedder anfangen, so as fröher", schlug Hermann Schnack vor, „dat hett mi jümmers good gefalln. Dor weer dat tominst een Abend in Winter mol so richtig festlich hier!"

„Du schullst man Riemels moken, Ewald, du hest de Kopp dorför!"

„Ja, Herr Butenschön, warum schreiben Sie nicht mal was?"

„Wer sagt das denn? Ich schreib, ich schreib schon lange, ich schreibe mir immer auf, was mir so einfällt. Aber ich behaupte nicht, daß das Kunst ist."

„Kunst uns dat aber mol vörlesen. So as de Paster schrifft, so kannst du dat doch all lang!"

„So nun bestimmt nicht. Aber ich erzähl euch demnächst mal was, eine Kurzgeschichte oder ein Märchen vielleicht. Für heute ist genug. Fierabend Lüüd!"

Mit Butenschöns plötzlichem Entschluß, obwohl, spät genug war es ja wirklich, kamen der Käppn und Lisa unter Druck. Jonny hätte zu gern die

Jette zu sich gelotst, aber ihm fiel kein Weg ein, wie er das hätte bewerkstelligen können. Er konnte sie doch nicht einfach so fragen: gehen wir zu mir? Vor all den Leuten, die kriegten einen Krampf vor Lachen. Und wenn er irgendwelchen Unsinn erzählte, von wegen Briefmarkensammlung oder irgendwas in der Art, die würden sich doch kugeln. Es gab keinen vernünftigen Dreh, wenn man sich anständig benehmen mußte, und das hieß hier und in seinem Alter, man durfte kein Interesse erkennen lassen. Wie war das bei der christlichen Seefahrt doch einfach gewesen!

„Aber wir könnten bei mir noch gemütlich einen kleinen trinken, Schampus ist da und sonstwas alles", sagte er schließlich ganz beiläufig und ungefähr in Jettes Richtung. Jette Lüders erschauerte schon bei dem Gedanken an Schippmanns Zuhause, und dann um diese Zeit dort mit ihm allein, das mußte sie nun wirklich nicht haben, mochte er auch sonst ein ganz netter Kerl sein.

„Du kannst gerne bei uns übernachten", lud Meta Rathjen sie prompt ein, „Platz ist genug und Hinni hat bestimmt nichts dagegen. Was sollst du jetzt noch nach Hamburg fahren so ganz im Dunkeln, das wär doch Unsinn."

Die Einladung nahm Jette Lüders mit beinahe der gleichen Freude auf, mit der Heiko Blohm und Henning Rohwer den Vorschlag Jonnys begrüßten.

„Das ist 'ne prima Idee von Dir, Käppn! Schampus muß nicht unbedingt, alles andere kann anrollen!"

Was blieb Jonny anderes übrig als aufzustehen, seiner lieben Jette noch einmal zuzublinzeln und für die Bargenhooper Saufcorona den Gastgeber zu spielen.

*

„Bringst du mich noch nach Hause, Kai?"

Kai war wohlerzogen, wie hätte er nein sagen können. Wenn man ein Mädchen abholte zu einer Abendveranstaltung, dann brachte man sie ja wohl auch nach Hause. Lisa hatte aber vor, ihn noch unbedingt auf den

Friedhof zu schleppen.

Dort hatte die Gemeinde in Zusammenarbeit mit dem Kirchenvorstand in regelmäßigen Abständen Ruhebänke aufstellen lassen, damit diejenigen Mitbürger, die nicht mehr recht gut zu Fuß waren, ihren lieben Toten für eine ruhige Weile nahe sein konnten. Das funktionierte unter den Lebenden mindestens genausogut. Der Friedhof war in den Abendstunden von jungen Leuten besser besucht, als an Nachmittagen von den Alten. Keinen städtischen Park hätte man umgreifender in seiner Funktion planen können als diesen zentral gelegenen Kirchhof. Hier war in letzter Zeit, seit die alten Leute zum Sterben ins Altersheim nach Hogenbüttel gingen und sich auch dort beerdigen ließen, mehr gezeugt als begraben worden. Zeigte sich nicht auch die Kirche selbst in ihrer Doppelgestalt, neben dem sargartigen Kirchenschiff nämlich den aufragenden Turm mit seiner abgerundeten Haube, in dem die Hochzeitsglocken nicht anders klingen als das Totengeläut.

„Laß uns noch ein paar Schritte gehen, Kai. Die Luft ist so angenehm, ich will nicht direkt nach Hause. Es ist ein schöner Abend, nicht?"

Ob schön oder nicht, komisch war es gewesen und sehr interessant, wie seine Bargenhooper auf die Provokation reagiert hatten. Etwas altmodische Vorstellungen hatten sie ja von der Lyrik, aber sie nahmen die Kunst jedenfalls ernst. Schade, daß er seinen Photoapparat nicht mitgenommen hatte, das hätte ein paar Bilder gegeben.

„Findest Du nicht, daß sie mit den Dichtern ein bißchen zu grob gewesen sind?"

„Na, der eine ist auch nicht gerade nett zum Pastor gewesen, ihn derart vorzuführen. Jeder kämpft eben mit den Waffen, die er hat."

„Laß uns da rein und noch einen Moment hinsetzen, ja?"

„Auf dem Friedhof, jetzt?"

„Du bist doch wohl nicht abergläubisch? Die Alten kommen nie hierher um diese Zeit. Hier ist man ungestört, oder hast Du das schon vergessen, seit Du in Hamburg bist?"

„Natürlich nicht, aber ich weiß nicht, es ist doch schon spät genug. Wir sollten wirklich nach Hause gehen!"

„Du hast den ganzen Abend kaum ein Wort mit mir gesprochen bei dem

Trubel, den die anderen veranstaltet haben, das ist nicht nett gewesen von Dir. Und viel schlimmer noch, Du hast mich nicht einmal angesehen!"

„Das werd ich hier im Düstern auf dem Friedhof kaum nachholen können."

„Da gibt's ja auch besseres. Wer nicht kucken will, muß fühlen, das hast du nun davon."

Was ausgerechnet er davon wohl haben sollte, das wußte er nicht. Sie saß ihm fast auf dem Schoß, und er fühlte sich halb benebelt von diesem schwülen Geruch; war das nun ihr Veilchenparfüm oder der Flieder, unter dem sie saßen. Wohl eine Mischung aus beidem, der liebe Gott mochte bedacht haben, warum er diese beiden stark duftenden Gewächse nicht zur gleichen Zeit blühen ließ. Kai dagegen hatte nicht bedacht, was ihm blühen konnte. Das hatte er von seiner Gutmütigkeit, aufdringlich war sie. Er dachte an jemand anderen. Der war überhaupt nicht aufdringlich, leider. Der sollte da sein, das wär's.

Er hätte nicht für möglich gehalten, daß ein Mädchen so zupackend sein konnte, so . . . unverschämt irgendwie, das gehörte sich doch nicht. Sie scherte sich nicht darum, was sich gehörte, probierte ungeniert aus, was ihr zukommen wollte. Sie hatte ihn ruckzuck im Griff, ohne den Umweg über seinen Kopf zu riskieren und nahm sich, was ihr zustand.

Kai blieb reglos, blieb irgendwie außen vor, sah dem mit geschlossenen Augen innerlich zu, wollte nicht sollen, was er, so wie es aussah, nun ja wohl doch wollte. Es half ihm nichts gegen dieses Mädchen, die tanzte mit ihm wie in ihrer Sandkiste und griff sich, wen und was sie wollte. Bis Kai entschlossen männlich hinhaltenden Widerstand leistete.

*

Undine und Fürchtegott gingen stumm nach Haus. Sie hatten jeder einen Arm um die Taille des anderen gelegt, mit dem zogen sie sich so dicht wie möglich heran an den Trost des anderen Körpers.

Fürchtegott ließ heißes Wasser in die Wanne laufen, ging dann in den Keller und holte eine Flasche Rotwein von der Ahr, den er sich extra hatte schicken lassen. Er entkorkte die Flasche, schnüffelte daran und schenkte zwei Gläser halbvoll. Im Wohnzimmer war Undine nicht und nicht im Gästezimmer. Sie lag in der Badewanne und ließ das Wasser über sich laufen. Eigentlich sah er sie zum ersten Mal richtig an, als er feststellte, wie schön sie war. Sie tranken in kleinen Schlucken von dem viel zu kühlen Wein. Fürchtegott ging wieder in die Küche und füllte die Gläser fast bis an den Rand. Die gab er Undine zum Halten, zog sich aus und setzte sich zu ihr, wobei sich die Wanne fast bis zum Rande füllte. Der Wein in ihren Gläsern erwärmte sich rasch in diesem Wasserbad. Er entwickelte sein Aroma und stieg ihnen duftig in die Nasen.

Das Wasser machte einen Anfang für sie in der Enge der Wanne, wo jedes Sichrühren eine Welle hervorbringt, die an den Gliedern zerrt und an der Haut zieht und wo jede Bewegung eine Berührung ist. Wie könnte man da anders, als behutsam sein. Er nahm sie auf die Arme und trug sie in sein Schlafzimmer.

Doch dann war es noch zu früh für ihn oder zu lange her. Sie legten sich, so naß wie sie aus dem Bad gekommen waren, eng aneinander unter eine Decke und produzierten eine gewaltige Wärme in ihrer neugeschaffenen Nähe.

Undine weckte ihn sanft am anderen Morgen, nachdem sie allmählich zu sich gekommen war. Sie ließ Fürchtegott seine Zeit, langsam hinterher zu kommen. Sie konnte sich denken, daß er besser bei Sinnen wäre, solange er keine Gedanken darauf verwendete. Bevor er noch zu seinen angelernten Skrupeln gelangen konnte, setzte sie ihn instand. Er tat, als schliefe er noch. Den kurzen erschrockenen Augenaufschlag aber bemerkte sie sehr wohl, und mit einem kleinen Lächeln nahm sie ihren Mann in Besitz.

DAS KOSMISCHE GEHEIMNIS

An diesem Sonntagmorgen wartete Küster Knickrehm vergebens. Er hatte die Kirche wie üblich zum Gottesdienst aufgesperrt und sich dann an seinen Fensterplatz zurückgezogen. Keiner der säumigen Kirchgänger von der Bargenhooper Gemeinde traute sich, ausgerechnet heute mal außer der Reihe sich blicken zu lassen, nur um das Gesicht ihres Pastors am Morgen danach zu sehen. Das war denn doch ein bißchen zu genant. Die Witwe Lammers, die wohl gern gezeigt hätte, daß sie, komme was da wolle, zu ihrem Seelsorger hielt, hatte nach den ungewohnten Anstrengungen des Vorabends verschlafen. Als eine halbe Stunde nach der Gottesdienstzeit sich auch Dissen noch immer nicht blicken ließ, da wurde Knickrehm unruhig. Er ging selbst hinüber, um die Tür wieder zu schließen, dabei linste er verstohlen zum Pastorat, ob sich nicht irgendwas erkennen ließe, woraus er Rückschlüsse ziehen könnte. Das Rollo war jedenfalls hochgelassen, vorausgesetzt, daß es überhaupt heruntergezogen worden war. Sollte er nun hingehen und klingeln? Was hätte er sagen sollen? 'Herr Pastor, es ist keiner gekommen, sie können ruhig weiterschlafen.' Das wäre nun wirklich albern. Der hatte sich bestimmt einen angetüdelt, konnte man ja verstehen nach dem Abend. Sollte er doch in Gottes Namen ausschlafen, wenn der Rest der Gemeinde Rücksicht nahm, dann konnte Hinni Knickrehm das schon lange. Vielleicht passierte ihm das ja auch mal, da könnte Dissen ihm nichts sagen, einmal hatte er gut.

Im ersten Stock des Pastorats saßen Undine und Fürchtegott eng umschlungen auf der Bettkante hinter der Gardine und sahen mit Erleichterung dem Küster nach, wie er um die Ecke bog zum Lindenkrug. Ohne groß darüber nachzudenken, taten sie das nächstliegende in ihrer Situation, sie unternahmen einen weiteren Versuch, die Gemeinde zu vergrößern.

Küster Knickrehm aber sollte noch eine zweite Unregelmäßigkeit zu verdauen haben an diesem Morgen, der Lindenkrug war geschlossen. Im Fenster neben der Tür lehnte ein handgeschriebener Zettel: *Heute kein Frühschoppen. Geöffnet ab 18 Uhr. Dann seid Ihr hoffentlich alle da! Ewald.*

Hinni hatte das beunruhigende Gefühl, es würde nie wieder so sein wie zuvor, nach dem gestrigen Abend. Die alte Ordnung war dahin, wenn der Pastor nicht zur Kirche erschien und der Kröger zum Frühschoppen nicht aufmachte. Die moderne Literatur hatte keinen guten Einfluß auf ihr althergebrachtes Leben, auf dem Dorf sollte man sich mit dem Gesangbuch zufriedengeben und mit dem, was der Pastor sagt. Bloß damit hatte es doch angefangen! Was muß der aber auch im Krug predigen, der Hornochse! Der Kröger schenkt doch auch nicht in der Kirche aus. Ne, ne, gelesen hat doch der andere! Und wie! Das war es ja gerade. Aber er ist dem Pastor auch bloß zuvorgekommen, der wollte doch dasselbe vortragen, wenn auch vielleicht nicht auf die gleiche Art. Und trotzdem, so gehörte es sich einfach nicht. Knickrehm kriegte das nicht zurechtgedacht.

*

Lisa spazierte an diesem Sonntagmorgen ungewohnt früh durchs Dorf und um die Kirche herum. Sie hoffte, vielleicht Kai noch zu erwischen, bevor er wieder davonfahren konnte. Wenigstens nachsehen wollte sie, ob sein Auto noch da war. Sie hatte mit ihm zu reden. Er hatte sie wohl, wie versprochen, nach Hause gebracht, aber kein Wort weiter gesagt als 'denn gute Nacht' gerade noch. Das hätte er ihr schon erklären sollen. Statt auf Kai zu stoßen, der sich noch in der Nacht in seinen Wagen gesetzt hatte und zurück nach Hamburg gefahren war, lief sie Ida Kohfahl über den Weg, der größten Schludertasche von Bargenhoop, sie kam in dieser Hinsicht gleich nach ihrer Mutter.

„Warst du gestern noch mit Kai?"

„Was?"

„Auf dem Friedhof, na du weißt schon!"

„Ja"

„Und?"

„Was, und?"

„Wie war's?"

„Fix!"

„Wie? Fix!"

„Ganz fix."

„Und wie noch? Nun erzähl schon!"

„Wie'n Dackel am Schienbein."

Seitdem hatte Kai bei den Mädchen im Dorf seinen Beinamen weg: der Dackel. Er wußte nicht, warum sie immerfort kichern mußten, sobald sie ihn nur sahen, es war ihm aber auch egal. Was gingen ihn Mädchen an!

*

Ewald Butenschön hatte eine unruhige Nacht gehabt, Nane hatte nicht schlafen können. Sie war sehr bald mit Kopfschmerzen wieder aufgewacht. Es war zu viel gewesen für sie, der süße Likör und der Krach und das ganze Durcheinander. Sie konnte nicht wieder einschlafen und ärgerte sich, weil jedesmal, wenn sie an den erlösenden Dämmerzustand herankam, Ewald wieder das Schnarchen kriegte. Und dann kriegte Ewald was ins Kreuz. Einige Male hatte er sich brav auf die andere Seite gelegt und war etwa so lange ruhig geblieben, wie Nane brauchte, ihre Empörung über die Rücksichtslosigkeit loszulassen und zum Einschlafen wieder sanft und schwer zu werden. Dann hatte auch Ewald seinen Tiefschlaf wieder und ließ sich von neuem hören.

„Was ist denn los zum Teufel noch mal!" Ewald schreckte hoch, rieb sich die schmerzende Stelle und verstand nicht, worüber er so wütend war. Nane klärte ihn umgehend auf mit einem Vortrag, den sie sich die letzte halbe Stunde zurechtgelegt hatte. Der enthielt alle Anklagen fertig formuliert zu den Punkten: Rücksichtslosigkeit, Nachlässigkeit, Lieblosigkeit und Uneinsichtigkeit, jawohl Uneinsichtigkeit, widersprich mir nicht! Dazu ein Ultimatum: entweder er würde noch heute, wie versprochen, mit ihr in Urlaub fahren, raus aus diesem Nest, endlich mal raus, in eine andere Atmosphäre, in eine Kulturlandschaft, wo man etwas anderes riecht als Bierdunst und etwas anderes sieht als Quadratschädel, „unter Leute, verstehst du . . . hörst du mir überhaupt zu? Oder ich gehe . . . alleine . . . und zwar endgültig! Wenn du noch weiter schlafen willst, dann nimm dein Bettzeug und leg dich ins Wohnzimmer aufs Sofa. Ich packe!"

125

Ewald nahm Kissen und Zudecke. „Nun laß mal gut sein, Nane, den Urlaub haben wir ja schon beschlossen. Laß uns nachher in Ruhe darüber reden, beim Kaffee."

Auf dem Sofa wälzte er sich nur herum, sie konnten doch nicht heute schon fahren, das hätte ausgesehen wie eine Flucht. Es war doch nichts Dramatisches passiert, was hatte sie auf einmal. Er stand auf und schrieb den Zettel, kippte ihn von innen gegen das Fenster im Schankraum und ging in den Saal aufräumen. Nane war ihr Auftritt nach und nach unheimlich geworden, ganz so heftig hätte sie nicht sein müssen, naja die Kopfschmerzen, jedenfalls hatte sie ihren Waldi, den dickfelligen Waldbären gehörig aufgeschreckt. Sie ließ die Koffer besser erst einmal stehen, kochte Kaffee für sie beide und deckte den Frühstückstisch. Ewald hatte das restliche Geschirr eingesammelt und die Tische gewischt, als sie ihn zum Frühstück holte. Im Vorübergehen sah er, daß sie auch für ihn einen Koffer hingestellt hatte.

„Natürlich müssen wir nicht heute schon fahren, Waldi, aber im Laufe der Woche, ja?"

„Morgen früh, ich versprech's dir. Heute abend muß ich der Bande noch einmal einschenken, das verstehst du doch?"

*

Es hatten sich ziemlich viele die Nase gestoßen am Lindenkrug. Der Abend war doch einigen nachgegangen. Zu gern hätten sie das Ereignis im Sonntagmorgenlicht in die allgemeine Dorfgeschichte eingeordnet, bei Bier und Korn. Ewald reagierte auf kein Klopfen und Klingeln und ließ diesmal wirklich keinen rein. Gegen sechs stand eine stattliche Menge Bargenhooper unter den Linden und wartete auf Einlaß wie die Rentner vorm Schlußverkauf.

„Di is dat güstern woll toveel worrn, mit'n Umsatz meen ik", haute Borstelmann ihm als erstes um die Ohren.

„Das is ja kalte Aussperrung", sagte Herbert Schnack," paß auf, daß wir dich nicht bestreiken. Mit Posten vor der Tür und Plakaten und Aldi-Bier."

„Denn kannst du uns von binnen zugucken, was wir lustig sind und dich zu Tode langweilen", steckte ihm Heiko Blohm zu im Vorbeigehen. Er bekam von jedem einen Spruch unter die Nase gerieben, wie er da hinter der Tür stand, den Schlüssel noch in der Hand, und die lange Reihe an ihm vorbeischlurfte zur Quelle. Ewald grinste nur, seinen Spruch wollte er sich aufheben. Eine ganze Reihe Gläser hatte er schon vorgeschenkt und füllte sie zügig auf. „Da seht ihr mal, wie nötig ihr mich habt!"

„Wir dich? Du uns", meinte Henning Rohwer, „ohne deine treuen Freunde, die dich immer wieder unterhalten, geistvoll und selbstlos, hättest du dich schon totpoliert an deinen Biertulpen."

„Da wärst du weiter nix als verheiratet", mußte nun Kohfahl auch mal was sagen, „das ist weniger als Gastwirt, so ist das."

„Oder noch schlimmer, du wärst genauso verschütt gegangen wie die Jungs gestern abend. Mit nix as Wörtern im Kopp, gar nich mehr von dieser Welt, wenn wir dich nicht immer wieder auf die Erde zurückholen würden."

„Wir finanzieren dir nämlich deinen Lebensunterhalt. Wenn wir uns nicht erbarmen würden und bei dir saufen kommen und dich mit Geschichten unterhalten, du müßtest arbeiten gehen. So ist das nämlich."

„Und deswegen könntest du auch mal was sagen!"

„Und die erste Runde ausgeben, wegen bösartiger Aussperrung."

„Ich bin doch schon dabei. Wie hat euch denn die Lesung gefallen gestern?"

„Lustig war's, verstanden hab ich nichts, bis auf das vom Pastor. Man wußte ja nie, was ernst gemeint war."

„Alles", sagte Ewald, „man muß erst mal alles ernst nehmen, bis zum Beweis des Gegenteils."

„Du schreibst doch wohl nicht auch so", wollte der Käppn wissen, „lies doch mal was von deinem vor, das hast du doch gestern schon angekündigt."

„Genau, jetzt wollen wir das wissen. Zeig mal, was du kannst!"

Ewald ließ sich gar nicht lange bitten. Er nahm eine große Kassette aus dem Gläserbord heraus, langte nach seinem Schlüsselbund und schloß sie auf. Eigentlich hatten alle gedacht, daß er darin die größeren Scheine aufbewahrte, das Wechselgeld hatte er in einer Geldschublade unter der Theke.

„Das sind also deine Reichtümer, wie?"

„Ich will nicht, daß das Zeug hier so rumfliegt und jeder seine Nase da reinsteckt. Er nahm einen Ordner heraus und blätterte ein wenig. Nun, was wollt ihr hören, eine wahre Geschichte oder lieber ein Märchen?"

„Kümmt dor op an!"

„Ich könnte euch *Das kosmische Geheimnis* erzählen, das ist ein absolutes Märchen, oder eine wahre Geschichte über die Leute von Unseldwyla, die das Schreiben schon vor dem Lesen lernen, was eine so große Mühe ist, daß sie auf alles Weitere lieber verzichten. Aber das hat auch sein Gutes, auf diese Weise erfahren sie nie, was sie geschrieben haben, so geht Gnade vor Recht."

„Erbarmung, Ewald, tu uns das nicht an! Lieber wollen wir Märchen hören als solche Geschichten."

„Komm, vertell dat komische Geheimnis!"

„Das ist ganz und gar nicht komisch das Geheimnis, das ist kosmisch! Das, was Du Dir wohl so vorstellst, Heiko, als komisches Geheimnis, das ist höchstens vertraulich. Vertraulich, das ist bei Behörden und beim Militär die unterste Geheimhaltungsstufe; also das, was praktisch jeder weiß, aber keiner zugeben soll. Was Martha Pinckepanck hinter vorgehaltener Hand erzählt - aber sach das bloß nich weiter - das ist so gut wie vertraulich. Damit es das auch ganz bestimmt bleibt, stempeln Behörden noch ein n.f.D. dahinter. Das heißt: nur für den Dienstgebrauch. Das kann man dann nur weitersagen, wenn man vorher laut und deutlich: aber-nur-unter-uns gesagt hat. Sonst wäre das am Ende ein Vertrauensbruch oder, noch schlimmer, ein Dienstvergehen.

Um so ein Allerweltsgeheimnis handelt es sich nicht. Auch nicht um ein richtiges Geheimnis, das wirklich keiner wissen soll und das deswegen mit geheim abgestempelt wird. Solche Sachen erfahren nur Geheimnisträger und die werden vorher streng zur Geheimhaltung verpflichtet und müssen einen Eid leisten. Wer zufällig solch ein Geheimnis erfährt und dadurch zum Geheimnisträger wider Willen wird, ohne einen Eid und eine Geheimhaltungsverpflichtung geleistet zu haben, der ist übel dran. Am besten verheimlicht er sich sein Wissen selbst und pfeift demonstrativ und fröhlich, wenn er einem Polizisten begegnet. Noch unheimlicher wird das ganze, wenn etwas die Einstufung streng geheim bekommen hat. Solche Dinge dürfen nur noch streng ausgewählte und mehrfach überprüfte Geheimnisträger zu wissen bekommen, die darum unter der Last ihres Dienstgeheimnisses auch schon früh gebeugt und vorzeitig ergraut herumgehen. Grau sind nicht nur ihre Anzüge und Haare sondern am Ende auch ihre Ansichten und Gesichter.

Das allerstrengstens geheim gehaltene Geheimnis, das am sorgfältigsten verborgene von allen, erhält den Stempel kosmisch. Es ist so geheim, daß es geheimer gar nicht mehr geht, es ist geradezu unsagbar geworden. Streng genommen dürfte nicht einmal der liebe Gott es erfahren; der soll zwar allwissend sein, aber wenn das stimmt und nicht bloß behauptet wird, die Geheimdienste untersuchen den Fall schon länger, dann wäre er der ideale Geheimnisträger, absolut diskret. Leider ist er zu einem höheren Mitarbeiter, zu dem er durchaus das Zeug hätte, bei weitem nicht anstellig genug. Er will offensichtlich nicht und so müssen die Drecksarbeit wieder einmal die Menschen machen. Es ist allerdings nicht ausgeschlossen, daß er ein paar kosmische Geheimnisse für sich behält, von denen zum Beispiel nicht einmal der Präsident der Vereinigten Staaten etwas weiß. Das ist ausgesprochen ungesetzlich ohne entsprechende Eidesleistung, aber bei seiner außerordentlichen Diskretion kann man es hinnehmen, obwohl eine Abmahnung aus grundsätzlichen Erwägungen heraus eigentlich angemessen wäre.

Außer Ihm aber darf natürlich kein Mensch je ein kosmisches Geheimnis erfahren."

„Un wo weetst Du dat von?"

„Oh, kein Lebender hat es mir verraten, es hat sich mir unglückseligerweise enthüllt! Und weil ich es alleine nicht tragen kann, darum erzähl ich es euch!"

„Holl opp, dat wüllt wi gor ni weeten!"

„Also nicht, na dann eben die Geschichte von Unseldwyla . . . da waren einmal in dieser alten Messestadt, an einem Nebenfluß von Vater Rhein, ja, gleich hinter den Schrebergärten am Bahnhof, in denen schon der noch jugendliche und doch bereits zu mehrfach lebenslänglich begnadete Dichterfürst in seiner Frohnatur mit einem Mädgen, dem er zuvor, er hatte es faustdick hinter den Ohren und weiß der Teufel wo noch, unter Vorspiegelung allerlei falscher Tatsachen, einen Bempel Äppelwoi eingeflößt hatte, um an ihr des Mütterchens Statur zu studie... oder war es umgekehrt, gerade ihre Frohnatur und stattdessen sie dabei, Gretgen, die öde Pussy, mit des Väterchens Statur zu probieren, das wüßt' ich jetzt nicht soo genau... jedenfalls, entweder war er wohl doch noch ziemlich unreif, dieses zu unternehmen, oder sie schon reichlich beziehungsweise, jenes zu überprüfen und ..."

„Holl opp!"

„Wo gibt's denn sowas?"

„Vielleicht sonstwo aber nicht bei uns."

„Aufhören! Bloß nicht weiter, mach keine Geschichten."

„Erzähl uns lieber das Märchen zu Ende, wir wollen doch keine Geheimnisse vor einander haben, weißt Bescheid?"

„Ruut mit dien Geheimnis, nu wüllt wi dat weeten!"

„Erst hast du uns neugierig gemacht und jetzt läßt du uns hängen, das gibt's nicht, verstehst du!"

„Also gut, dann hört - es war, man weiß nicht einmal wann, vielleicht noch gar nicht, vielleicht dauert es auch an, da kam, wie eine Krankheit, eine veränderte Haltung ins Land, eine andere Einstellung, ein anderer Gang.

Anfangs wollte niemand etwas bemerkt haben von dieser Erscheinung und es war auch gar nicht klar, ob man die Entwicklung wirklich eine Krankheit nennen konnte. Die wenigen Ärzte, denen die allmähliche Veränderung nicht entgangen war, sprachen von einer Befindlichkeitsstörung, und die paar Politiker, die sich die Angewohnheit bewahrt hatten, gelegentlich um sich zu sehen, hielten, was sich nicht mehr verkennen ließ, für eine gefährliche, wenn auch ganz unangemessene Verdrossenheit. Es mußte, so wurde ihnen alsbald klar, zur Vermeidung widriger Umstände umgehend etwas geschehen.

Man hatte, wie immer in solchen Fällen, schnell eine Therapie zur Hand, beschloß das Volk vom Gegenteil dessen zu überzeugen, was es wußte, und vertraute auf das Mittel der Überredungskunst, einer Kunst, die arg im Niedergang war. Kurzentschlossen trat man in den freimütigen Dialog mit dem Bürger ein.

Man sagte ihm, daß die Lage zwar gewissermaßen ernst, aber doch eigentlich, nehme man alles in allem, nicht gar so schlimm sei. Schließlich, so hieß es, stände das Tor zur Zukunft schon weit offen. Die verstockten Bürger aber trauten den Toren nicht und ließen sie links liegen, manche auch rechts. Auf jeden Fall gingen sie nicht, wie sie sollten. Es entstand eine neue Lage im Staat, wie sie so ernst noch nie zu verzeichnen gewesen war.

Da nahm der große Unberatene, der zum Regierenden gewählt worden war, weil er immer, wenn er nervös war, so schön harmlos lächelte, die Herausforderung seiner lieben Mitbürgerinnen und Mitbürger, ohne sich weiter Gedanken zu machen, an. Hatte er nicht immer, was er nicht verstand, als Herausforderung angenommen? Er erklärte ohnehin alles, was ihm unter die Finger kam, ohne viel Federlesens zur geistig, moralischen Aufgabe, bekam von den vielen großen Worten einen ordentlich großen Mund und regierte wie eh und je nach Herzenslust in der Weltgeschichte herum. So wäre eigentlich alles in der Ordnung gewesen, die der gewählte Ratlose sich wünschte, jedoch irgend etwas funktionierte nicht mehr recht. Er, der so beliebt war wie keiner, an den er sich hätte erinnern können, begegnete dem Mißtrauen. Zunächst versuchte er es mit reden, dann beschwörte er seine weniger werdenden Zuhörer und appellierte schließlich, appellierte an alles, was ihm einfiel, an die Hoffnung und an die Zukunft, an die Wertordnung und an den Bürgersinn - alles half nichts.

Die Bürger hatten keinen Sinn mehr für seine Hausordnung, die er auf das ganze Land hatte ausdehnen wollen. Sie waren der herrschenden Unvernunft überdrüssig, die regierende Dummheit hatten sie gründlich satt, sie hatten die gewählte Lüge nun schon zu oft gehört.

Die wollen eine andere Republik, sagte sich der große Unberatene und sah schon sein schönes Reich gefährdet. Ja, es kam ihm so vor, als hätte der eine oder der andere seiner beiden Zuhörer beifällig genickt. Doch seine Leibwächter waren wahrscheinlich nur eingeschlafen, wie des öfteren in der letzten Zeit; was hatten sie auch noch zu tun, von ihrem Chef wollte keiner mehr was. Und deshalb war kein Verdacht des nunmehr völlig Ratlosen unbegründeter als dieser.

Jedermann würde ihn aufgeklärt haben, wenn er es noch für der Mühe wert gehalten hätte. Nein, hätte ihm so gut wie jeder sagen können, was du so nennst, das wollen wir gar nicht, deine Republik kannst du gerne behalten. Mach dir keine Gedanken, das geht sowieso schief, und vor allem stör uns nicht damit; laß uns unsere Ruhe und spiel schön! Wir spielen doch auch gern. Warum nicht ein bißchen Staatsschauspiel und Zapfenstreich, wenn es dir so viel Freude macht. Aber bitte schön, jeder nach seiner Fasson, werd du auf deine Art glücklich, uns mußt du in Zukunft aus dem Spiel lassen.

Da blickte der große Ratlose ungehaltener als sonst durch seine Brille umher, doch er sah bald niemanden mehr. Das Volk, das nicht mehr gutwillig seines sein wollte, verlief sich und ließ ihn auf seiner Regierungsbank allein.

Es war eine Einsicht unter die Leute gekommen, wie aus heiterem Himmel, und der war doch recht trübe in jener Zeit. In Scharen verließen sie Schlaraffenland. Das heißt, sie blieben natürlich in ihrer Heimat, die gehörte ja ihnen und nicht dem Unberatenen, doch sie verschwanden irgendwie aus der alten Herrschaft, legten den Staatsbürgerrock ab, wie eine Schlange die zu eng gewordene alte Haut. Tatsächlich waren sie es ja gewesen, die diesen vielberedeten Sonntagsstaat aufrechterhalten hatten in treuem Glauben, und dieser Sonntagsstaat war nun wahrhaftig abgetragen. Sie sagten einer zum anderen, den tragen wir nicht mehr mit, so machen wir einfach nicht weiter, das ist ja nicht unser Spiel, da ist Sackhüpfen noch schöner und Eierlaufen.

Zum Abschied gaben sie dem großen Ratlosen in Anerkennung seiner Verdienste, ohne ihn hätten sie es vielleicht nie gemerkt, einen Karnevalsorden und kümmerten sich um ihre Angelegenheiten selber.

Eine große Niedergeschlagenheit kam über die Beamten der Hauptstadt.

Um nicht binnen kurzem gänzlich ohne die zu Regierenden dazustehen, versuchte man, so gut es eben gehen wollte, die restlichen etwa noch vorhandenen Staatsbürger zu erfassen. Was wußte man eigentlich von den Leuten? Man entwickelte einen Fragebogen und forschte nach den Gewohnheiten des Volkes, nach Broterwerb und Häuslichkeit, aber man erfaßte nichts rechtes mehr. Zehnjährige Kinder wollten seit zwanzig Jahren miteinander verheiratet sein, Hochbetagte vermißten Stipendien für Hochbegabte, nicht weniger als siebzehn gaben an, von Beruf Präsidenten zu sein, es säße ihnen keiner vor. Einer behauptete, er sei das Staatsorakel, ein anderer wollte von Beruf Gesundbeter sein, er arbeite Tag und Nacht für die geistig moralische Erneuerung, wieder andere behaupteten fünf Quadratkilometer große Klos zu besitzen mit einem Hintern.

Die meisten Befragten aber hatten an Stelle des amtlichen Fragebogens einen eigenen zurückgeschickt. Sie begehrten zu wissen, welche Daten über sie wann, wo, von wem und zu welchem Zweck erhoben und gespeichert worden waren und an wen sie wann, wo, von wem und zu welchem Zweck etwa weitergegeben wurden.

Was für ein Skandal war das, welch ein Umsturz drohte der bestehenden Ordnung, wenn nun auf einmal nicht mehr nur die Regierenden machten, was sie wollten, sondern die Regierten auch.

Da versuchte man die hundert Aufrechtesten, so lange es noch gehen mochte, zu beugen. Man schickte sie in ein zum Gefängnis umfunktioniertes ehemaliges Schulhaus. Die nächsten tausend wollte man mit Bußgeldern belehren, doch als es sehr bald Hunderttausende geworden waren, erkannte man das Verlangen als offenbar berechtigt an.

Sie wurden lästig die Bürger, weil sie über alles Bescheid wissen wollten und um so mehr Fragen hatten, je mehr Antworten man ihnen gab. Sie saßen nicht mehr still und sittsam auf Bänken, um nach angemessener Wartefrist einen Antrag auf Erteilung eines Reisepasses entgegenzunehmen, diesen ruhig und gesammelt und ganz genau durchzulesen und ihn dann sorgfältig, lückenlos und gut lesbar in Großschrift auszufüllen. Ganz im Gegenteil! Sie weigerten sich, weiterhin die Amtssprache zu erlernen, die sich in jahrhundertelangem Selbstgespräch der Behörde entwickelt hatte.

Sie legten, zunehmend angewidert, alle Papiere, die in diesem kryptischen Idiom bedruckt waren, unausgefüllt auf die Seite. Sie nahmen die schönen, bunten maschinenlesbaren Personalausweise nicht länger an - sie waren schließlich nicht das Personal des Staates, sollte der sich seine Leute doch woanders suchen - und reisten mit Meldebestätigungen durch das Land oder gleich einfach so, nur mit dem eigenen Gesicht. Man versuchte die ersten wiederum zu beugen, die nächsten mit Bußgeldern zu belehren, doch als es zu viele wurden, nahm man die schönen, bunten maschinenlesbaren Ausweise zurück und beklagte sich bitter über dieses selbstherrliche, undankbare Volk.

Nun kam aber erst richtig Bewegung in die Leute. Plötzlich wollten sie alles besser wissen und taten und ließen, was ihnen recht schien. So hinderte man städtische Gartenarbeiter daran, den Rasen nach alter Art zu mähen, in langen, geraden Linien, immer hin und her in Streifen, einer neben dem anderen, wie man es seit jeher getan hatte, indem man über Nacht, regellos und wild, junge Bäume in die Grünflächen pflanzte. Irgendwer hatte herausgefunden, daß man dafür nur Reiser schneiden mußte im Frühjahr, von Pappeln und Birken, Erlen und Weiden. Wenn man die frisch im Hintergarten eingrub, hatte man schon nach wenigen Wochen gut bewurzelte junge Bäumchen, die sich im Handumdrehen überall einpflanzen ließen.

Man versuchte die ersten Pflanzer, die man erwischen konnte, zu beugen, die nächsten mit Bußgeldern zu belehren, da man es mit keineswegs als geringfügig einzuschätzenden Fällen von schwerer Sachbeschädigung zu tun haben zu müssen glaubte. Nicht nur war die Scholle gebrochen, der Landfrieden auch und einer ordnungsliebenden Verwaltung ihr rechtlich schlagendes Herz.

Da war es nun am Volk zu klagen und ein höheres Gericht fand bald darauf heraus, daß keine Sachen beschädigt worden waren. Die wilden, nächtlichen Pflanzer hatten nur kleine Löcher gegraben und recht sorgsam, wie es scheinen mochte geradezu liebevoll, die enthobene Erde wieder zurückgefüllt. Die Rasensoden waren mit der Genauigkeit der Eigenheimer wieder eingefügt, zum Zwecke des guten Bodenschlusses fest angetreten und das ganze Werk zum Abschluss ausgiebig gewässert worden. Wie sich jedermann überzeugen konnte, war nichts, rein gar nichts zerstört; nein, alles wuchs und gedieh.

Nun wurden allmählich die Regierenden nervös, denn es war offensichtlich, das Volk weigerte sich, fernerhin regiert zu werden. Schutzleute ließ man ausschwärmen, solide, grundgeordnete Leute, die mit gefaßtem Blick herauszubringen versuchten, ob das Volk am Ende aus der Verfassung geraten war.

‚Nein,' sagte man ihnen lachend ins Gesicht, ‚unsere Verfassung ist gut, ja eigentlich ist sie besser denn je.'

‚Seid ihr denn vielleicht gegen den Staat,' fragte man sie.

‚Aber woher denn', wurde geantwortet, ‚es ist doch nicht unser Staat, was geht er uns an? Sollen die, die ihn sich angeeignet haben, ihn ruhig behalten, das macht uns nichts. Mit uns ist sowieso kein Staat mehr zu machen.'

Wieder war der große Unberatene ein Spur ratloser. Er beschloß, mit eisernem Besen und allen zu Gebote stehenden Mitteln gegen Miesmacherei und jede Form von Defätismus anzufegen. Das sah zwar sehr komisch aus, es half aber nichts. Endlich setzte er eine Kommission ein, die nach wochenlangen, umständlichen Beratungen über den Vorsitz und die Tagesordnung zu einem einstimmigen Ergebnis kam: Man solle einen Rat der Weisen einberufen.

Das geschah. Mit Trommeln und Pfeifen, Plakaten und Lautsprecherwagen wurden alle Weisen aufgefordert, sich zur, wie es hieß, Konsolidierung des Landes, umgehend oder besser stante pede in der Hauptstadt einzufinden. Damit diese Aufforderung auch den letzten Weisen des Landes erreichte, wurden alle Menschen guten Willens aufgefordert, diese Botschaft weiter zu geben an jeden, der etwa noch über eine gewisse Einsicht verfügte.

Doch ach! Auch dem dümmsten Weisen im Lande war klar, wohin der Hase lief. Es sollten wie gewöhnlich, wenn man sie rief, wieder einmal die Kastanien aus dem Eis und die Kuh vom Feuer geholt werden. Es mochte über sie sagen, wer, was immer auch, wollte, die Spitze des Eisbergs war längst gebrochen und der Krug lange schon überschritten gewesen auf dem Weg des unnütz und völlig unvernünftigerweise gebrannten Kindes zum

Brunnen. Und so hallte aus diesem nurmehr heraus, was man vielfach unbedacht hineingeschrien hatte, als es Zeit gewesen wäre zu goldenem Schweigen.

Da sah er sich umgeben von Feinden, der große Unberatene, von persönlichen Feinden und solchen des Gemeinwesens dazu, und also ließ er die darin geübten Dienste nach Staatsfeinden suchen. Die kehrten bald zurück und meldeten: Fehlanzeige, es gab keine. Und finstere Revolutionäre? Man suchte auch nach solchen, es fanden sich keine mehr. Den Leuten wäre eine Revolution viel zu mühsam gewesen und ihr Ausgang zu ungewiß. Was war in der Geschichte nicht alles herausgekommen bei solchen Umstürzen. Lieber machte man einfach so nicht mehr mit.

Das war nun sowohl gegen das Gesetz als auch gegen die Propheten, unvorhergesehen und unvorhersehbar. Wo die alten Regeln nicht mehr greifen, dachte sich der weltberühmte Ratlose, da müssen neue Gesetze her. Doch wurde das Verhalten des Volkes nun vollends rätselhaft, es klagte nicht lang darüber, es klagte sofort dagegen. Es schien, als ob die neuen Gesetze erst die Richtung angaben: gehn wir doch den Rechtsweg, jetzt gleich und alle zusammen. Man legte gegen jeden behördlichen Bescheid Widerspruch ein, und wer nicht gern allein zu Hause schrieb, der ging ins Amt und diktierte zur Niederschrift.

Nichts wurde mehr hingenommen, nichts blieb ohne Widerspruch. Selbst dem Mann auf der Straße konnte es geschehen, daß er mitten auf seinem Spaziergang stehen blieb, die Plakate der politischen Parteien betrachtete und nachdachte über alles und jeden. Die Leute machten sich Gedanken selbst, über die Müllabfuhr und über Straßenbäume, über Atomkraftwerke und über alles, was sie wollten. Nichts blieb mehr unbedacht, über alles mögliche wurde geredet.

Die Planungsbehörden führten kaum einen Plan mehr aus, denn keiner konnte unverändert bleiben. Die Bauämter schafften nur noch ein halbes Toilettenhäuschen pro Jahr, kein altes Haus wurde mehr abgerissen einfach so, der Bürgermeister mußte selbst erscheinen vor Ort und diskutierte oft vergebens. Nichts mehr verstand sich von allein.

Da verloren die Regierenden langsam den Spaß an den Herrschaften. Die

Parlamentarier berieten und verhandelten, diskutierten und hielten Reden in jede hingehaltene Kamera, kaum einer hörte mehr zu. Die großen Männer, die großen Dicken wie die dicken Kleinen, wurden auf allen Wegen vielsagend belächelt. Man applaudierte ohrenbetäubend und langanhaltend, sobald sie nur den Mund aufmachten und warf ihnen aufmunternd viele lustig auf dem Pflaster klingelnde Groschen zu. Was machten sie nicht für komische Verrenkungen bei ihren Wahlkampfreden, die keiner hören konnte und niemand hören wollte. Man gab dem Komischsten, und das war allemal der große Ungeschlachte, auch bereitwillig seine Stimme und freute sich darauf, wie er wieder nach Worten suchen würde in seinem weitläufigen Körper, um sich staatsmännisch zu bedanken. Ach, daß dies noch nicht der Ort war und hier noch nicht die Stunde. Das große tragische Staatsschauspiel war zur Volkskomödie geworden, man lachte sich krumm. War das nicht köstlich, dieser abgetragene Ernst - warum gabst du uns die tiefen Blicke - alle Neujahr wieder vor schlaffer Fahne fade das Immergleiche lispelnd. Oder sollte er es dieses Jahr gelernt haben, wann man 'sch sagt und wann 'hch? Nein, es war wieder die allde Gechichde.

Mußte das Volk da nicht nach neuen Wegen suchen, mehr Farbe und andere Tonfälle ins öffentliche Spiel zu bringen? Man konnte zum Beispiel die diversen Gesetze für alle Gebiete des Lebens und den riesigen Berg an Vorschriften für jeden nur denkbaren Fall auch einhalten und dies auf den Buchstaben und auf das Komma genau. Da fuhr kein Bus mehr pünktlich, verkehrte kaum ein Zug mehr und ließ kein Flugzeug sich vom Boden bringen. Was mußte nicht alles geprüft und wieder geprüft, gewogen, gecheckt und gemessen werden. Die getreue Einhaltung aller Vorschriften und Gesetze, der noch nie zuvor erreichte Zustand vollgültig vollzogener und mustergültig befolgter Legalität, die in allen Bereichen entwickelte und bedingungslos angewandte Rechtschaffenheit, sie führte zum Zusammenbruch der bestehenden Ordnung.

Da mußte der große Fassungslose sich besinnen auf einen bewährten Wahlspruch und das Volk, all seine lieben Mitbürgerinnen und Mitbürger, herzlich bitten, das Recht und die einschlägigen Durchführungsvorschriften freundlichst so hoch zu halten, daß man aufrecht drunter durchgehen könne.

Das war bislang ein Privileg der Mächtigen gewesen, aber wer war das jetzt noch. Zur Erleichterung des großen Schulterklopfers nahm das Volk den Vorschlag zur Güte an. Es verfuhr wieder nach Gutdünken mit den Vorschriften aller Art und das öffentliche Leben nahm langsam seinen alten Gang. Die Geschäfte gingen leidlich und eine vorübergehend behutsam gewordene Verwaltung ließ man gewähren; es blieb genug zu tun, der Spielwitz von Millionen war unwiderstehlich.

So erfand man spannende Schnitzeljagden, legte die geheimsten Papiere hier in einen Papierkorb und dort in einen Strassengraben und eine Zeitung, die nicht wenigstens einmal wöchentlich ein streng geheimes Geheimnis ins Blatt brachte, verlor schnell an Auflage. Das oberste Kriminalamt suchte verzweifelt nach Tätern und Mittätern und ganz besonders nach Rädelsführern. Und es fand einen nach dem anderen. Der hatte es diesem gesagt und dieser jenem, es wurden mehr und mehr und es stellte sich schließlich heraus, daß es irgendwie alle waren. Da zwinkerte der Polizeipräsident dem Geheimdienstchef zu: auf uns können wir uns verlassen, sagten sie leise und sahen einander mißtrauisch an.

Auf uns können wir uns verlassen, das fanden die Leute auch, nahmen immer mehr Angelegenheiten in die eigenen Hände und regelten, was geregelt werden mußte, selbst. Man gründete Kindergärten, wo und wie man sie brauchte, und forderte die entsprechenden Gelder ein, man schickte seine Kinder zu arbeitslosen Lehrern nach Hause oder an den Strand, in den Wald und wo es sonst interessant war und beantragte öffentliche Mittel für eine selbstverwaltete Schule. Die Behörden prüften und prüften, gaben abschlägigen Bescheid, prüften die Widersprüche pflichtgemäß und wußten, sie handelten sich nur weitere Eingaben, veränderte Anträge und neue Widersprüche ein. Die Gerichte entschieden, daß sie wegen Arbeitsüberlastung keine weiteren Vorgänge mehr annehmen könnten; Instanzen aller Art waren bereits für Generationen beschäftigt.

Und weil die Obrigkeit noch immer nicht klug werden wollte, fand das Volk es angemessen, sich aus Höflichkeit nun auch dumm zu stellen. Das war ein herrliches Spiel. Intelligente Dummheit ist eine Strafe, doch strafbar war sie nie. Wenn einer falsch geparkt hatte und deshalb einen Bußgeldbescheid bekam, zahlte er fünf Pfennig zu wenig oder einen Groschen zuviel. Das gab ein langes Hin und Her mit Rücküberweisungen und Nachforderungen, die wieder nicht auf den Pfennig beglichen wurden. Der Aufwand zur Eintreibung der Gelder wurde so groß, daß die ganze Bußgeldidee schließlich als undurchführbar aufgegeben werden mußte.

Da blieb der Obrigkeit nur ein letztes Mittel, wer partout und ganz und gar und überhaupt nicht so wollte, wie eine weise Regierung es dem Volke zugedacht hatte, der sollte von nun an ausgesperrt werden aus dem Kreis der Untertanen und nicht nur wie bisher zur Beugung eingesperrt. Aber ach, das waren schon längst zu viele. Weil wegen jeder Kleinigkeit eine Freiheitsstrafe, das heißt natürlich eine vorübergehende Ausschließung aus der Bürgerschaft, ausgesprochen werden mußte, wurden unaufhörlich Leute abgeurteilt. Und obwohl man alle möglichen Gebäude zu festen Häusern machte und zu Gefängnissen erklärte, der Platz reichte hinten und vorne nicht. Die Strafen, pardon die Ausschließungszeiten, mußten immer kürzer werden. Die Verurteilten von gestern trafen bei ihrer Entlassung auf die Verurteilten von heute. Schon bald wurden beinah alle ausschliessungsbedürftig und man mußte zu symbolischen Strafen Zuflucht nehmen. Vor den Gefängnissen verkauften fliegende Händler Kuchen und Rotwein für das Fest der aufrechten Haft. Minder schwere Fälle wurden nur noch zu einem Hofrundgang verurteilt, sie mußten enttäuscht und nüchtern wieder gehen.

Der menschliche Irrtum nahm überhand, keiner wußte mehr ob er nun ausgeschlossen war, also gerade mal wieder verurteilt, oder nicht ausgeschlossen und damit gewissermaßen doch, von den eben ausgeschlossenen Freunden nämlich getrennt. Und also verlangte man: Schluß mit jeder Ausschließlichkeit, Kuchen und Rotwein für alle und Saft für die Kinder.

Da saßen die Regierenden in ihren gut bewachten Häusern, hinter Mauern und Zäunen, sie beobachteten sich und das Treiben auf den öffentlichen Straßen und Plätzen und gerieten in Schweiß.

'Was wollt ihr denn, wir sind doch Tag und Nacht für euch da, wir lieben doch, wir lieben doch alle, was sollen wir denn noch tun?' ließen sie dem Volk ausrichten.

'Abtreten, sagten die Leute, oder: vernünftige Gesetze machen, oder: mal zehn Jahre die Wahrheit sagen, oder: macht nur so weiter, es ist ganz herrlich.'

Wo immer sich einer der Großmächtigen unter dem Volk zeigte, brach ein Gelächter aus. Man mußte sich darauf verständigen, nur noch halblaut zu lachen, die wilden Tiere des Landes waren schon ganz verstört. Wo die Leute nicht mehr gutwillig Volk sein wollen, hat das Regieren keinen Sinn mehr. Nicht, daß sie keine funktionierende Verwaltung gewollt hätten, die Leute, oder keine Interessenvertretung - jedem durchschnittlich begabten Menschen waren diese Dinge viel zu langweilig - nein, sie waren sich nur endlich darüber klar geworden, daß es notwendig war, allen ihren Dienern unablässig deutlich zu machen, wer hier das Sagen hatte. Ganz sanft und ganz Souverän."

„Das ist aber ein Märchen", meinte Heiko.

„Absolut", sagte Ewald.

„Wo gibt's denn sowas", wollte Henning wissen und grinste Ewald an.

„Das ist die Frage, nich Ewald", stellte der Käppn fest und, „sind wir wirklich so blöd?"

„Das werd ich euch noch dabeischreiben. Ende der Märchenstunde, ich warte auf eure Bestellungen! Oder ist euch vom Zuhören der Durst vergangen. Das ist vorläufig eure letzte Chance auf einen lustigen Abend im Lindenkrug! Und das Faß muß leer werden heute abend, morgen fahr ich mit Nane in Urlaub, hatte ich das noch nicht gesagt? Ich muß mal andere Gesichter sehen und auf andere Gedanken kommen."

„Das mit den anderen Gesichtern kann ich verstehen, bloß warum nimmst du dann deine Frau mit", sagte Heiko.

„Eben deswegen. Ich will sie mal wieder lachen sehen."

„Das mit den anderen Gedanken", sagte der Käppn," das laß lieber sein. Deine gefallen mir nämlich ganz gut."

„Mi ok", segg Borstelmann," du schullst öfter mol een vertelln! Du schriffst tominst keene Apokalypseriemels."

Und dann stand er auf, ging bis an die Eingangstür zurück und ein wenig in die Knie wie ein Zehntausendmeterläufer vor dem Start. Er konzentrierte sich, nahm Anlauf, sprang ab und landete mit beiden Beinen gleichzeitig auf dem Stammtisch. Einen Moment schwankte er mit hochgerissenen Armen, um den enormen Schwung auszubalancieren, dann richtete er sich auf und schrie laut und deutlich: „Albert Schweitzer?!?" — — — — —

Man sah ihn sprachlos an, fragend mit bösem Verdacht oder verständnislos mit offenem Mund. Da hüpfte er behende wieder herunter, rannte einmal herum um den Tisch und hinter die Theke. „No Massa", rief Hermann, „no! Schweizer immer todernst!"

Heiko und Henning sprangen auf, so mußten sie sich nicht veräppeln lassen von diesem Bauern, diesem wildgewordenen Eintänzer. Sie stürzten sich auf ihn, boxten ihm ins Kreuz oder hauten ihm auf die Schultern, und sie hielten sich die Bäuche vor Lachen.

„Wenn du nicht freiwillig einen ausgibst, hast du gleich ein glühend rotes Kreuz, du Stallschweizer", brüllte der Käppn, „weißt du das!"

„Freiwillig eine Runde", schrie Hermann, „zur Feier des Tages, aber du machst die Musik dazu."

Der Käppn sammelte Groschen ein und Ewald ging zur Musikbox, Ewalds ganzem Stolz. Die stammte noch von seinem Vorgänger, aus einer Zeit als reisende Handelsvertreter jeden Dorfgasthof aufsuchten und den Wirtsleuten aufschwatzten, sie müßten sich unbedingt so ein Ding zulegen, um ihre Gäste bei Laune zu halten: auf Provisionsbasis. Das schien jedoch in MittelHolstein und umher nicht das erhoffte Geschäft gewesen zu sein, die Firma verdiente nicht wie geplant und gab das Gewerbe schließlich wieder auf. Aus unerfindlichen Gründen blieb die Musikbox stehen im Lindenkrug, mit der letzten aktuellen Plattenauswahl. Die hatte Ewald so belassen, wie sie war. Es wäre ihm viel zu mühsam gewesen, sich um die jeweils angesagten Platten zu kümmern, und dann wollte er sich nicht mit jeder trommelfellerschütternden Mode bedröhnen lassen im eigenen Haus. Schließlich war ein Gasthaus nach seinem Verständnis dazu da, miteinander zu reden oder ihm zuzuhören.

„Brennend heißer Wüstensand! E4 Ewald! Ohne so ein trockenes Lied kriegen wir das Faß heut abend nicht alle."

„So schön, schön war die Zeit . . .", sang Ewald Freddys Uralthit und warf die Groschen ein. Das alte Repertoire war für seine Wirtschaft wie geschaffen. Zuallererst mußte er Friedel Hensch hören und die Cypris natürlich, die Hochseilartisten des Deutschen Schlagers.

„Das alte Försterhaus, da wo die Tannen stehn", sang Ewald mit und gab seinem Kneipenchor Zeichen, an der richtigen Stelle mit „Kuckuck, Kuckuck" einzufallen, „das hat jahrein, jahraus viel Freud und" da mußte Ewald sich mächtig strecken, den Ton zu erreichen, den der Komponist tückisch hoch auf einen der Tannenwipfel gelegt hatte, „Leid gesehn."

Schwer atmend drehte er sich zur Theke und zuckte und ruckte schon bevor die Stelle kam. „Der alte Föörster sietzt in seinem Ziemmerr . . . und streichelt traumverlooren seinen Huund . . ." Da war es mit der Bargenhooper Selbstbeherrschung vorbei. Ewald platzte an der Stelle los und der Rest der Mannschaft prustete, johlte und giggelte, daß keiner hätte sagen können, wie der Text eigentlich weiterging. Diesen seelenvoll dargebotenen traumverlorenen Förster hielt kein Hund aus, hatte der Käppn seinen deutschen Schäferhund an solchem Abend dabei, dann heulte der zuinnerst angerührt wie mondsüchtig mit. Doch Ewald hatte nach dem alten Försterhaus einen anderen Hit gedrückt, mit dem sie ihren üblichen Bedürfnissen wieder näherkamen.

„Am Tag als der Regen kam, langersehnt, heiaeiß erfleht . . .", da sangen sie gleich wieder mit, vielstimmig brummig, „ auf die glühenden Felder, auf die durstigen Wälder, da . . . kamst" und da sahen sich alle in der Runde an mit ausgestrecktem Zeigefinger, „. . . Du!"

Wer immer demokratisch ausgekuckt war, die fällige Runde zu schmeißen, trug es mit Fassung. Der nächste Regentag kam bestimmt. Schoben sie anfangs noch ein paar Sommer- Bade- und Sonnenlieder ein, wechselten sie bald nur noch ab mit dem Lied auf die fürchterliche Insel Hawaii, auf der es so gar kein Bier gab, und dem langersehnten, heißerflehten Regentag, an dem die Quellen wieder sprudelten. Höchstens, daß Henning und Heiko, so lang sie das noch bewältigen konnten, zu „sugar, sugar baby .. . oh, oh sugar, sugar baby" einige Runden die Hüften drehend und mit den Schultern rollend um die Tische kreisten. Das ließ aber bald nach. Die Biere zu konsumieren, bis das Faß endlich hohl seufzend aufgab, das war eine schwere

Aufgabe, auch wenn sie zwischendurch zum Frischmachen immer wieder mal einen Korn tranken.

„Das war's Leute", sagte Butenschön schließlich, „einen Kurzen geb ich noch auf den Weg, das nächste Faß wird erst angestochen, wenn ich wieder da bin. Das ist dann immer noch gut und frisch im Keller."

„Wie lange läßt du uns hier überhaupt so alleine sein?"

„. . . und uns hier darben und dürsten?"

„. . . vertrocknen und verderben, du Menschenfeind?!"

„Och, vielleicht 'ne Woche oder so, länger halt ich das ja doch nicht aus."

„Oh, oh, 'ne ganze Woche", sagte der Käppn, „das ist ja schlimmer als Seenot. Da kommt ihr am besten zu mir an den Mühlenteich, wenn ihr euch langweilt, aber vergeßt nicht, was zu trinken mitzubringen."

„Vergeßt lieber nicht euer Laternelied zu singen, daß ihr mir auch heil nach Haus findet."

Irgendwie war Ewald gerührt, als er die Tür abschloß und die ganze Bande singend abziehen hörte.

„Ich geh mit meiner Laterne

und meine Laterne mit mir.

Dort oben leuchten die Sterne,

hier unten leuchten wir."

Was auch nötig war, eine Straßenbeleuchtung gab es noch immer nicht in Bargenhoop. Aber in diesem strahlenden Zustand fürchtet ein MittelHolsteiner nichts mehr. Außer, daß ihm die Erde auf den Kopf fällt.

„Das Licht ist aus, wir gehn nach Haus,

labimmel, labammel, la - Bumm!"

*

Am Morgen des Reisetages wurde Ewald, der abends noch aufgeräumt und Gläser gespült hatte nach der langen Nachtsitzung, von Nane unsanft geweckt:

„Aufstehen, Schlafmütze, du hast Urlaub, keine Zeit zum Pofen, die

Koffer sind gepackt. Pack dich aus dem Bett, du Nachteule, du brauchst dich nicht noch mal umzudrehen, du kriegst doch keine Ruhe mehr, raus mit dir!"

Er verfügte sich unter die Dusche, um den munteren Ton nicht länger hören zu müssen und kam unter dem heißen Wasser langsam zu sich. Sie wollten wegfahren heute, richtig. Er hatte es selber so gewollt. Lust hatte er keine, aber das würde sich geben. Wenn er es nur schon mal bis Mittag überstanden hätte. Er zog sich an, was Nane ihm hingelegt hatte, trank zwei Tassen Kaffee, essen mochte er noch nichts. Er schleppte die Koffer ans Auto und verstaute sie im Kofferraum. Dann ließ er sich auf den Beifahrersitz fallen, streckte die Beine aus und stellte die Rückenlehne weit zurück.

„Die erste Strecke mußt du fahren. Ich bin noch nicht in der Lage."

Vom Friedhof her kam Hinni Knickrehm mit dem Fahrrad angeklappert. Nane hatte ihre Sonnenbrille vergessen und war noch einmal ins Haus gelaufen. Wenn's doch nun losginge.

Der Küster hatte die Höhe des Wagens erreicht, als Nane sich lustig wieder ans Steuer setzte und ihrem Waldi aufmunternd aufs Knie klopfte.

„Wo wollt ihr eigentlich hin?"

„Wir fahren nach", brachte Ewald kaum hörbar heraus, so daß er die Seitenscheibe ganz herunterkurbeln mußte:

„Wir fahren nach Aura im Sinngrund".

144

Manfred Brinkmann

Der kleine Rilke-Baukasten

Eine Anstiftung zum lyrischen Schaffen
nebst 23 beispiellosen Gedichten

ist ein praktisches Beispiel literarischer Komik. Er kommt in der Art eines Ratgebers daher, karikiert dieses Genre jedoch ebenso wie eine Reihe literarischer Formen Der Baukasten ist eine Parodie auf den unfreiwilligen Humor des Hohen Tones verleitet zum Spielen und führt gleich vor, wie es geht. Und natürlich verspricht der Titel nicht vergebens einen vertieften Blick auf das Werk des Großmeisters Rainer Maria und in manch andere

Dichterwerkstatt

Was macht des Wortes Arbeitsmann,
trifft man ihn in der Werkstatt an,
Schaut wie flink und frettchenhaft
er an seinem Brettchen schafft.

Seht wie sich in Schweinekringeln
Späne aus dem Hobel ringeln,
abfällig wird die Kunst gemacht,
erhebt sich und das Brett verflacht.

Was bleibet aber,
dichten die Stifte,
sticht sie der Haber?

Erhaltene Norm,
gefüllte Form, er-
habnes Gelaber!

(erscheint im Frühjahr 2000)